Le rêve d'Izzy Stowe

CATHY WILLIAMS

Le rêve d'Izzy Stowe

Traduction française de
LOUISE LAMBERSON

AZUR

HARLEQUIN

Collection : Azur

Titre original :
PROMOTED TO THE ITALIAN'S FIANCÉE

HARPERCOLLINS FRANCE
83-85, boulevard Vincent-Auriol, 75646 PARIS CEDEX 13
Service Lectrices — Tél. : 01 45 82 47 47 - www.harlequin.fr
ISBN 978-2-2804-6775-9 — ISSN 0993-4448

Composé et édité par HarperCollins France.
Imprimé en mars 2022 par CPI Black Print (Barcelone)
en utilisant 100% d'électricité renouvelable.
Dépôt légal : avril 2022.

FSC
www.fsc.org
MIXTE
Papier issu de sources responsables
FSC® C159065

Pour limiter l'empreinte environnementale de ses livres, HarperCollins France s'engage à n'utiliser que du papier fabriqué à partir de bois provenant de forêts gérées durablement et de manière responsable.

1.

— J'ai reçu une invitation personnelle.

— Une invitation ? répéta Izzy en soulevant la carte blanc ivoire qu'Evelyn poussait vers elle sur la table.

Quand elle lut les mots tracés d'une écriture racée et impérieuse, elle comprit que pendant l'heure qu'avait duré leur conversation, l'ancienne nounou et amie de sa mère s'était efforcée de dissimuler son anxiété.

Le message succinct invitait bien Evelyn à venir discuter autour d'une tasse de thé mais, en réalité, il s'agissait davantage d'une convocation que d'une invitation.

— C'est la première fois qu'il prend contact avec moi sans passer par un intermédiaire, dit Evelyn en se levant.

Elle commença à rassembler les assiettes et les verres.

— Non, non, reste assise, Izzy ! Tu n'as pas à te sentir concernée par les problèmes d'une vieille femme. Ce n'est pas pour cela que tu es venue ici.

— Tes problèmes sont les miens, Evelyn.

Sa mère lui avait tellement parlé de sa nounou… Izzy avait rencontré Evelyn Scott pour la première fois au cours de son seul et unique séjour en Californie, quelques mois avant que son père et sa mère trouvent la mort dans un accident d'avion. Elle avait neuf ans, à l'époque, et le souvenir de ces instants merveilleux était resté gravé dans sa mémoire parce qu'ils étaient liés aux très rares occasions où ses parents passaient leurs vacances en famille.

À présent assise dans la cuisine d'Evelyn dont l'angoisse était palpable, elle sentit la colère et l'indignation la gagner. Comment ce milliardaire arrogant pouvait-il recourir à de telles manœuvres d'intimidation, parce qu'il avait soudain décidé de s'offrir le *cottage* d'une vieille dame de soixante-dix-neuf ans, sans s'inquiéter de savoir ce qu'il adviendrait d'elle ensuite ? Il avait envoyé ses émissaires, assistants puis avocats, mais ceux-ci ne lui ayant pas rapporté la réponse qu'il attendait, il passait à l'offensive directe, résolu à satisfaire son dernier caprice.

— Non, répliqua fermement Evelyn en déposant une tarte au potiron faite maison devant elle. Tu as assez des tiens. Et de toute façon, personne ne peut me forcer à quoi que ce soit.

— J'ai tout mon temps, maintenant, insista Izzy. Je suis libre comme l'air !

— Si je comprends bien, tu as fini par suivre mon conseil et appeler ton frère ? demanda Evelyn, ses yeux bruns pétillant de curiosité et de bienveillance. Je savais bien que tu voulais me parler de quelque chose…

C'était si réconfortant d'être écoutée et comprise. Après l'échec de sa désastreuse liaison avec Jefferson, Izzy était venue se réfugier dans les lieux où sa mère avait grandi, poussée par le besoin de se sentir en communion avec la disparue.

Ce désir de se rapprocher de sa mère était stupide, infantile et irrationnel, mais elle n'avait pas eu le choix. Elle devait se rendre en Californie.

Elle avait alors ressorti la boîte en métal remplie de vieilles photos, de cartes postales et de toutes les petites choses amassées du vivant de ses parents. Elle avait examiné les photos pâlies de l'immense ranch où sa mère avait passé son enfance avant de partir à dix-huit ans pour prendre un nouveau départ en Angleterre. Izzy avait contemplé les photos d'Evelyn, de ses grands-parents rencontrés une seule fois, des jeunes gens qui entouraient sa mère adolescente. Et soudain, un tel mélange de tristesse et de nostalgie l'avait submergée, qu'elle avait tourné le dos au projet hôtelier dont elle avait la charge… et s'était enfuie.

Bien sûr, elle avait veillé à ce que tout soit à jour, sachant qu'elle pouvait compter sur Nat pour la remplacer durant son absence. Mais cela n'empêchait pas Izzy de culpabiliser vis-à-vis de son frère Max, qui lui avait confié ce projet. Dès qu'il apprendrait son départ, ce dernier viendrait sur place et reprendrait le contrôle de la situation, elle en était certaine. C'était son mode de fonctionnement : il donnait des ordres et tout le monde s'exécutait sans broncher.

Quoi qu'il en soit, elle ne pouvait pas rester à Hawaï, s'occuper d'un travail qui lui pesait, même si elle était consciente d'avoir eu beaucoup de chance que son frère lui confie un projet de cette ampleur.

Avec le recul, Izzy s'apercevait que la souffrance l'avait forcée à repenser à toutes ces longues années durant lesquelles elle avait dû apprendre à se débrouiller seule, à se passer de l'amour et du soutien de ses parents, tout en enviant ses amis et les relations qu'ils entretenaient avec les leurs.

Max et James, ses deux frères, avaient fait de leur mieux pour l'aider, mais sans pour autant combler le vide qui l'habitait. Or après l'échec de sa relation avec Jefferson, elle s'était confrontée à ce vide et avait entrepris de chercher à identifier ce quelque chose qui lui manquait et que, naïvement, elle avait cru pouvoir trouver en revenant dans les lieux où sa mère avait vécu ses jeunes années.

Ayant appris que la « grande maison », ainsi que l'appelait sa mère, et les vignobles avaient été vendus depuis longtemps, Izzy n'espérait pas pouvoir entrer dans la maison d'enfance de sa mère. Mais le simple fait de se trouver à proximité lui apportait du réconfort. En plus de la joie d'être hébergée par Evelyn qui vivait toujours là, dans sa petite propriété si bien entretenue.

Les premiers jours, Izzy craignait sans cesse de voir apparaître Max. Le connaissant, il aurait très bien pu demander à un enquêteur privé de la localiser en un rien de temps. Mais il l'avait laissée tranquille, lui permettant ainsi de mieux connaître Evelyn. Au bout de deux semaines, l'ancienne nounou de sa mère l'avait mise au courant de sa situation délicate et de ses difficultés à résister aux assauts répétés du riche promoteur immobilier qui avait acheté la grande maison, puis la propriété voisine, encore plus vaste, afin de réunir leurs vignobles respectifs et de constituer ainsi un gigantesque domaine viticole.

Ses soucis n'avaient pas empêché Evelyn de l'écouter avec patience et compassion et, à présent, Izzy n'avait vraiment pas l'intention de l'abandonner à son sort. Au contraire, elle était résolue à faire tout son possible pour l'aider.

— Alors, de quoi avez-vous discuté avec ton frère au téléphone ? insista celle qui était devenue son amie. J'en ai assez de penser à mes malheurs. Annonce-moi une bonne nouvelle, je sais que tu en as !

Izzy sourit et raconta à Evelyn l'essentiel de sa conversation avec Max qu'elle s'était en effet décidée à appeler après avoir repoussé ce moment de jour en jour. Au lieu de lancer un enquêteur à ses trousses, il avait écouté son amie Mia, Dieu merci, et avait accepté de rester en retrait.

Lorsqu'elle l'avait appelé pour lui annoncer qu'elle comptait rester en Californie à cause des difficultés d'Evelyn, Izzy avait craint le pire. Elle s'était attendue à ce qu'il lui ordonne de retourner à Hawaï sur-le-champ. Mais il avait été formidable, lui racontant qu'il était allé visiter les îles. Elle l'avait écouté en retenant son souffle.

Jamais son frère ne s'éloignait de ses bureaux, de son ordinateur et d'une armée d'assistants prêts à faire ses quatre volontés. Ensuite, il lui avait affirmé que tout allait bien côté projet, avant de lui dire qu'à son retour, ils parleraient de ce qu'elle voulait faire et non de ce que lui avait prévu pour elle.

Suffoquée, Izzy avait alors mis fin à la conversation de crainte que son frère ne change d'avis, et savouré sa chance.

Elle reprit la carte blanc ivoire.

— Tu n'iras pas chez ce type, déclara-t-elle, calmement mais fermement.

Tendant le bras au-dessus de la table, elle posa la main sur celle d'Evelyn et sentit le relief des veines sous la peau claire et transparente. En dépit de sa minceur, l'ancienne nounou de sa mère était encore solide, grâce notamment à ses travaux de jardinage, mais Izzy avait parfois l'impression qu'il suffirait d'un souffle de vent pour l'emporter.

— Il faut que je m'en débarrasse, soupira Evelyn.

— Non, répliqua Izzy. Je m'occupe de lui.

Gabriel Ricci jeta un coup d'œil à sa montre en fronçant les sourcils. Il avait fixé le rendez-vous à 17 h 30, pensant qu'une femme de l'âge de Mlle Scott prenait sans doute une tasse de thé, ou une infusion, vers cette heure-là, après sa sieste. Il n'avait pas l'habitude qu'on le fasse attendre et ce retard l'agaçait au plus haut point.

Sa vie avait bien changé, songea-t-il en contemplant le superbe salon déclinant ses teintes claires sur lesquelles ressortaient les tableaux anciens et contemporains, les sculptures et autres œuvres d'art, les grandes fenêtres donnant sur les vignobles s'étirant à l'infini en rangs parfaitement rectilignes.

Il se rappelait encore la maison exiguë de Brooklyn où

il avait grandi, la peinture écaillée, les murs recouverts de papier peint défraîchi, le minuscule carré d'herbe où sa mère faisait tant bien que mal pousser quelques légumes rachitiques, et au-dessus duquel elle mettait le linge à sécher durant les étés brûlants.

Là-bas, la solitude et le calme n'existaient pas, tous les habitants du quartier vivant en étroite proximité. Dans la rue, la loi du plus fort régnait. Les plus faibles qui ne bénéficiaient pas de la protection des caïds étaient voués à croupir au bas de l'échelle.

En dépit de cet environnement chaotique, ses parents avaient réussi à lui transmettre un principe essentiel : s'il voulait s'en sortir, il devait travailler dur. Il en avait fait son mantra. Il se l'était répété inlassablement pour résister à la tentation de faiblir et d'aller s'amuser, surtout quand il avait compris qu'il aurait pu devenir le chef de la meute d'un seul claquement de doigts. Il était grand, futé et n'avait peur de rien. Mais la leçon avait été bien assimilée et Gabriel aimait et respectait trop ses parents italiens qui se tuaient au travail pour ignorer leur enseignement.

Il avait étudié comme un forcené. Il avait réussi à entrer au Massachusetts Institute of Technology, puis à Harvard où il avait obtenu un doctorat en gestion des entreprises. Il n'ambitionnait pas de gravir les échelons. Il visait le haut de l'échelle. Seule la montée en flèche l'intéressait. Pas question de reproduire la vie de son père qui avait obéi aux ordres de gens moins intelligents que lui mais possédant de l'argent, un nom et des relations. Gabriel avait atteint le sommet de la hiérarchie de son groupe et obtenu la liberté et le respect que seul procure l'argent. Sans parler du pouvoir, démesuré, dont il jouissait maintenant.

Son parcours avait été exemplaire. Après avoir refusé poliment les propositions des géants de l'alimentaire, il avait rejoint une petite entreprise familiale menacée de faillite à cause d'eux.

Gabriel gardait un excellent souvenir des propriétaires de cette petite boîte qui lui avait servi de tremplin. Il était toujours resté en contact avec eux, d'ailleurs. Il les avait sortis de l'impasse en un éclair, remis dans le circuit et leur avait montré comment progresser à travers le champ miné de la compétition qui les entourait de toutes parts. Quand ils avaient vendu l'entreprise deux ans après, ils avaient empoché des millions et lui une véritable fortune.

À l'époque, cela faisait déjà longtemps qu'il avait dit adieu au gamin bagarreur de Brooklyn qui n'y avait jamais vraiment trouvé sa place parce que trop ambitieux, trop intelligent, trop déterminé à s'en sortir. Depuis, sa vie n'était pas facile, mais elle était bonne, au moins sur le plan financier. Mieux que bonne, pour dire la vérité.

Et suffisamment pour ne pas être là, à attendre que Mme Scott daigne arriver. Il était presque 18 heures, bon sang !

Gabriel se mit à arpenter la pièce lorsque la porte du salon s'ouvrit derrière lui. Faisant volte-face, il vit Marie, sa gouvernante, puis…

Surpris, il dévisagea l'inconnue en plissant les yeux. Il s'attendait à recevoir une femme approchant les quatre-vingts ans. Il savait à quoi ressemblait Evelyn Scott pour s'être fait envoyer une photo d'elle par e-mail. Or il se trouvait face à une jeune femme mince au corps de sylphide, aux cheveux d'un blond tirant sur l'argent et tombant en une rivière de boucles luxuriantes sur ses épaules et son dos.

Figé sur place, Gabriel contempla la peau diaphane, les immenses yeux bleus, si clairs qu'ils en paraissaient transparents. Elle portait une salopette, dont l'une des bretelles avait glissé sur une épaule fine et ronde, révélant une portion de débardeur rose dragée moulant un petit sein rond.

Une sensation brûlante fusa en lui, et il eut beau la réprimer, sa libido continua de manifester son enthousiasme de façon totalement déplacée. Agacé par les réactions de son corps et déterminé à reprendre le contrôle de ses sens, Gabriel s'avança vers l'inconnue et demanda posément :

— Je peux savoir qui vous êtes ?

La voix calme au timbre sensuel fit frissonner Izzy. Elle ne savait pas vraiment à quoi elle s'était attendue, mais certainement pas à se retrouver face à un homme aussi somptueux…

En outre, la maison que, jusqu'à présent, elle n'avait aperçue que de loin, était bien différente de celle qui figurait sur les vieilles photos conservées précieusement dans la boîte en métal héritée de sa famille. De toute évidence, les propriétaires qui avaient succédé à ses grands-parents l'avaient fait agrandir. D'après Evelyn, la propriété avait été rachetée et vendue deux fois avant que Gabriel Ricci en fasse l'acquisition.

Il l'avait fait rénover – Evelyn le savait pour avoir été témoin, pendant presque un an, du va-et-vient des ouvriers. Mais même durant les travaux les vignes avaient continué d'être cultivées avec le plus grand soin, avait-elle ajouté. Dans son état actuel, la large bâtisse était vraiment imposante, plus proche du manoir que de la simple maison, et flanquée sur le devant d'une vaste cour qui aurait pu accueillir facilement une centaine de voitures.

Izzy l'avait contemplée à distance mais sans être intimidée. Les individus fortunés et leurs propriétés luxueuses lui étaient familiers. Et elle savait pertinemment ce qui pouvait ou ne pouvait pas être acheté.

Une femme de soixante-dix-neuf ans n'était pas un objet à vendre, ce qu'elle avait bien l'intention de faire comprendre à l'homme qui se tenait en face d'elle, aussi superbe soit-il.

Grand, un mètre quatre-vingt-cinq environ, doté d'un corps mince et athlétique, il portait un polo blanc à manches courtes, et un pantalon anthracite ajusté mettant en valeur ses hanches étroites et ses longues jambes musclées. Il avait les cheveux brun foncé, un peu longs sur la nuque et bouclant sur le col du polo, la peau hâlée, et de magnifiques cils, longs et épais, entourant des yeux sombres, presque noirs.

— Eh bien ?

La bouche sèche, elle le dévisagea en silence, captivée malgré elle. Face à ce mâle superbe, sa belle assurance fondait à une vitesse stupéfiante…

— Je… Izzy Stowe, dit-elle en reprenant ses esprits.

Quand il fit un nouveau pas vers elle, Izzy recula d'instinct et croisa résolument les bras.

— Et vous faites irruption dans mon salon parce que… ?

— Vous avez envoyé un mot à Evelyn Scott pour l'inviter à venir « discuter autour d'une tasse de thé ». Vous comptiez peut-être vous entretenir avec elle des procédés scandaleux que vous employez pour la convaincre d'accepter de vous vendre sa propriété ? Du harcèlement auquel vous la soumettez ?

Elle avait lancé ces paroles d'un ton de défi, alors qu'en réalité Izzy n'en menait pas large. Heureusement qu'Evelyn n'était pas venue. Son amie était pleine d'énergie, mais plus toute jeune et, face à cet homme, elle n'aurait vraiment pas fait le poids.

— Je n'ai pas l'intention d'aborder ce sujet avec vous, mademoiselle Stowe. La porte est derrière vous.

Pardon ? Quel grossier personnage !

Izzy redressa le menton pour se donner du courage.

— Evelyn Scott m'a chargée de traiter cette affaire avec vous.

— À quel titre, au juste ?

— Nous sommes de vieilles amies et je m'occupe d'elle.

— Ne peut-elle pas s'occuper d'elle-même ? À en juger par l'accueil qu'elle a réservé à mes avocats, elle ne manque pas de tonus.

— Je peux m'asseoir ?

Il fronça légèrement les sourcils et parut hésiter avant de lui désigner une chaise d'un bref hochement de tête. Izzy s'y installa, avant de le regretter aussitôt. Dans cette position, elle se sentait encore plus vulnérable face à cet homme qui la dominait de toute sa hauteur. Mais ses jambes se mettant soudain à trembler, elle avait préféré s'asseoir plutôt que de montrer le moindre signe de faiblesse.

— Je vous écoute.

L'invitation à boire le thé n'était plus de mise. Il ne lui avait même pas offert un verre d'eau.

— Vous voulez bien vous asseoir ? Je n'ai pas envie de repartir avec un torticolis.

Au lieu d'ignorer sa requête comme elle le craignait, il tira une chaise et s'assit en face d'elle, la forçant ainsi à le regarder. D'aussi près, il était encore plus impressionnant. Les effluves boisés de son eau de toilette lui faisaient l'effet d'une chaude caresse. Quant à la froideur de son regard…

— Evelyn m'a parlé de sa situation, commença Izzy d'une voix calme.

Les yeux noirs l'épiaient, il disséquait chaque mot, l'examinait sous tous les angles.

— Êtes-vous apparentée à Mme Scott ?

— Mlle Scott. Evelyn ne s'est jamais mariée.

— Ce détail n'a aucune incidence sur la situation.

— Vous croyez, monsieur Ricci ? demanda tranquillement Izzy. Evelyn a passé la majeure partie de sa vie dans ce *cottage*. Elle n'a ni conjoint ni enfants. Vous attendiez-vous vraiment à ce qu'elle saute de joie à la perspective de quitter le seul endroit au monde qui lui offre sécurité et stabilité ? Et tous ses amis habitent dans les environs. Sa vie sociale est concentrée à Napa. Mais en dépit de cela vous voulez la chasser de chez elle.

— Très beau discours, mademoiselle Stowe, mais s'il était destiné à m'émouvoir, c'est raté. Non seulement le registre émotionnel m'est inconnu, mais je n'ai pas harcelé Mlle Scott et je n'ai pas l'intention de chasser quiconque. J'ajouterai que si elle a choisi de vivre seule, cela ne regarde qu'elle.

— Vous voulez acheter son *cottage* !

— À un prix bien supérieur à celui du marché actuel de l'immobilier.

— Aucun prix ne serait assez élevé pour compenser la perte qu'elle subirait.

— Je ne partage pas votre avis.

D'un mouvement brusque et gracieux à la fois, il se leva et se dirigea vers une sonnette encastrée dans le mur. Dix secondes plus tard, la jeune femme qui avait fait entrer Izzy dans ce salon, réapparut après avoir frappé discrètement.

— Vous voulez boire quelque chose, mademoiselle Stowe ? demanda Gabriel Ricci en se retournant vers elle. Avant que je vous persuade que Mlle Scott aurait tout intérêt à accepter mon offre et à apprécier la chance unique qui se présente à elle ?

Mais quelle arrogance ! Il s'amusait de la situation. Il avait pris sa décision et ne changerait pas d'avis. Evelyn avait néanmoins raison sur un point : personne ne pouvait lui forcer la main. Ce milliardaire sûr de lui s'était probablement imaginé qu'il ne ferait qu'une bouchée d'une vieille dame et était prêt à tout pour obtenir son consentement.

Gabriel Ricci représentait tout ce qu'Izzy détestait. Il était grossier, brutal, arrogant, et totalement incapable de se mettre à la place d'autrui. Au fond, il lui rappelait Max. Mais son frère avait de bonnes raisons d'être comme il était, lui.

Après la mort de leurs parents, trop jeune pour comprendre la complexité de la situation, Izzy avait haï son grand frère à cause de son attitude inflexible et autoritaire. Il avait surveillé tout ce qu'elle faisait d'un œil impitoyable, la forçant à filer droit, la privant de toutes les petites libertés dont bénéficiaient ses camarades. Elle devait demander sa permission pour la moindre sortie. Plus tard, à l'adolescence, il était devenu encore plus strict et Izzy trouvait son attitude franchement tyrannique.

Jusqu'au jour où James avait pris le temps de parler avec elle et essayé de lui expliquer pourquoi Max se sentait obligé de la protéger. À la mort de leurs parents, leur frère aîné s'était retrouvé chef de famille et avait veillé à ce que leur existence à tous deux ne soit pas trop chamboulée. Du jour au lendemain, Max s'était également retrouvé à la tête de l'entreprise familiale en attendant que son cadet soit en âge de l'aider, ce que James avait fait dès qu'il en avait été capable. Pour être à la hauteur de ce qui était attendu de lui, Max avait tout dirigé d'une main de fer et ce n'était que récemment qu'Izzy s'était demandé ce qu'il en avait coûté à son frère aîné.

Mais Gabriel Ricci ? Quelle excuse avait-il de se comporter comme le dernier des salauds ?

— Je veux bien un verre d'eau, dit-elle froidement.

— Un verre d'eau, répéta-t-il en se tournant vers la

jeune femme. Ainsi qu'une bouteille de cabernet sauvignon et deux…

— Je ne boirai pas de vin, l'interrompit Izzy d'un ton sec. Je ne suis pas venue pour trinquer avec vous, monsieur Ricci, mais pour vous informer que le *cottage* d'Evelyn n'est pas à vendre et que si vous persistez à la harceler, je me verrai dans l'obligation de prendre contact avec un avocat.

— Ce cabernet est particulièrement bon. Puissant mais subtil. Et labellisé « Vignerons Développement Durable ».

— Vous avez entendu ce que je vous ai dit ?

Izzy s'interrompit le temps que la gouvernante, qui était réapparue, verse du vin dans un verre à pied destiné à Gabriel, puis lui tende le verre d'eau qu'elle-même avait demandé. Dès que la porte fut refermée, elle foudroya Gabriel Ricci du regard.

— Eh bien ?

Il prit son temps pour déguster son vin.

— C'est la première fois que je m'essaie à la culture viticole, déclara-t-il en faisant tourner le liquide ambré dans son verre.

Il reprit une gorgée en regardant tranquillement Izzy au-dessus de son verre puis se dirigea vers la fenêtre et contempla la vue durant quelques secondes avant de se retourner vers elle.

Izzy eut du mal à contenir la colère qui bouillait en elle. Mais sous la fureur et le sentiment d'impuissance, elle sentait autre chose. Un trouble puissant et irrépressible, dû à la proximité de cet homme. Or si elle trahissait la moindre faiblesse, il bondirait sur elle avec la férocité d'un prédateur.

— J'aime cette partie de la vallée et ces vignobles. En les réunissant avec ceux du domaine voisin, je suis devenu propriétaire d'une superficie plus qu'enviable.

Il porta de nouveau son verre à ses lèvres puis revint s'asseoir en face d'Izzy. Quand il se pencha vers elle, son charisme viril emplit le peu d'espace qui les séparait avec une telle force qu'elle recula légèrement.

— Mais, voilà, votre amie est installée sur une parcelle qui se trouve au beau milieu de mes vignes, poursuivit-il d'une voix suave. C'est une oasis, assurément, dans l'état actuel des choses. Je vous informe néanmoins que, quelle que soit la décision de Mlle Scott, j'ai l'intention de faire construire sur la parcelle qui jouxte sa belle oasis. Je compte garder cette maison pour mon usage personnel, que je l'occupe ou non, mais j'aurai besoin d'un logement pour mon responsable, ainsi que pour son équipe. Cela représentera beaucoup de monde et de travaux.

L'ombre d'un sourire sardonique passa sur la belle bouche sensuelle.

— Autrement dit, il y aura pas mal de remue-ménage, et de bruit. Je crains par conséquent que votre amie soit incommodée, voire se sente agressée, par ces va-et-vient continuels, et que le calme de son oasis ne s'en trouve perturbé. J'envisage par ailleurs la construction d'un hôtel-boutique destiné aux connaisseurs qui voudront tester eux-mêmes la qualité de nos productions et assister à tout le processus, depuis la cueillette de la grappe jusqu'à la mise en bouteille.

Il haussa nonchalamment les épaules.

— C'est la vie, que voulez-vous ? Tout change, tout avance…

La vision qu'il venait de décrire terrifia Izzy. S'il achetait les terres jouxtant sa petite propriété, Evelyn ne connaîtrait plus jamais la paix.

— J'ai proposé un marché fort intéressant à Mlle Scott, continua Gabriel. Je veillerai personnellement à ce qu'elle obtienne toute maison qu'elle souhaiterait acheter à Napa.

Ses amis vivent là-bas, m'avez-vous dit ? Elle sera encore plus proche d'eux. En outre, je ferai en sorte que le bien qu'elle acquerra soit en tout point conforme à ses besoins, et qu'elle dispose du terrain nécessaire pour continuer à exercer ses talents de jardinier.

— Mais ce ne sera pas sa maison, chuchota Izzy.

— Aucune maison n'est éternelle, mademoiselle Stowe. Si Mlle Scott repousse mon offre, je n'insisterai pas, mais il faut bien qu'elle comprenne que si elle en vient à vendre la propriété plus tard, sur le marché officiel, elle risque de ne pas en obtenir le quart de ce que je suis prêt à lui offrir. Qui voudrait acheter un vieux *cottage* entouré de tous côtés par des terres appartenant à un propriétaire dont les activités représentent une nuisance ? Pas moi, en tout cas.

Il se redressa sur sa chaise et continua.

— Cette offre ne se représentera pas, mademoiselle Stowe. Transmettez-lui ce message de ma part. Je compte rester ici encore quinze jours mais il me faudra sa réponse avant la fin de la semaine. J'entamerai alors les négociations avec Ferguson, le voisin dont je rachète les terres. Une fois le processus enclenché, ma proposition ne sera plus valable.

Le moment était venu pour elle de s'en aller, comprit Izzy à demi-mot. Il savait qu'il était maître du jeu et qu'elle se sentait profondément abattue.

— Vos menaces ne me font pas peur, monsieur Ricci, déclara-t-elle en se levant.

— J'ai rarement besoin de recourir aux menaces. C'est une tactique peu rentable, à mon avis.

Elle le dévisagea en silence. Il était outrageusement beau, et pourtant il avait quelque chose de glaçant. Parce qu'il n'y avait aucune chaleur humaine en lui.

Le silence s'installa entre eux, lourd et tendu, jusqu'à

ce qu'il soit rompu par un bruit de pas précipités se rapprochant de la porte.

Celle-ci s'ouvrit brutalement… et une petite fille apparut sur le seuil.

2.

— Rosa !

Gabriel nota l'expression stupéfaite d'Izzy, tandis que sa fille s'immobilisait à l'entrée du salon.

Que faisait Bella, bon sang ? Elle était grassement payée pour veiller à ce que les habitudes de la petite restent inchangées lorsqu'elle séjournait chez lui. Or à cette heure-ci, Rosa aurait dû être dans sa chambre, calme et prête pour le lit.

Quant à Izzy, elle aurait dû être partie depuis longtemps, maintenant qu'elle avait dit ce qu'elle avait à dire. Personne ne s'immisçait dans sa vie privée et il n'avait vraiment pas besoin de la curiosité non dissimulée d'une quasi-inconnue.

Traversant rapidement la pièce, Gabriel souleva sa fille dans ses bras et la serra contre lui.

— Qu'est-ce que tu fais ici ? demanda-t-il tandis qu'elle lui refermait ses petites jambes autour de la taille.

— Qui est-ce ? répliqua Rosa en guise de réponse.

Gabriel fronça les sourcils.

— Elle… va s'en aller, dit-il en reposant sa fille sur ses pieds.

Il lui tendit la main qu'elle prit aussitôt, tout en tournant la tête pour examiner Izzy avec le plus grand intérêt.

— Et où est Bella ?

Comment une femme aussi peu attirante pouvait-elle

porter ce prénom, s'interrogea-t-il de nouveau en retenant un soupir. Âgée de soixante-cinq ans, Bella Esposito s'occupait de Rosa depuis trois ans. Proviseure adjointe à la retraite d'un lycée pour filles de Manhattan, elle avait été embauchée par Bianca, son ex-épouse, et prenait son rôle de gouvernante avec le zèle d'un despote habitué à être obéi au doigt et à l'œil.

« Elle est la seule qui puisse convenir à ce poste », avait décrété Bianca après avoir congédié, sans préavis, la jeune fille qui s'occupait jusque-là de Rosa, au prétexte qu'elle ne faisait pas son travail avec le sérieux requis.

« Bella est une parente éloignée et je lui fais entièrement confiance. Les jeunes filles ignorent tout de la discipline dont Rosa a besoin ! »

Bella était la cousine d'un cousin d'une tante et, en matière de discipline, elle savait effectivement y faire. Des règles strictes s'appliquaient à toutes les situations. Des ordres étaient aboyés, les heures du coucher respectées à la seconde près, les goûters interdits et les activités de loisir supervisées avec la rigueur jugée nécessaire.

Gabriel méprisait cette femme mais que pouvait-il faire ? Il travaillait, si bien que, comme maintenant, le séjour de Rosa chez lui requérait la présence d'une gouvernante. Dans sa position, il n'avait pas le choix.

Bianca ne demandait qu'à lui compliquer la vie. S'il s'aventurait à critiquer la gouvernante choisie par elle, son ex-épouse s'arrangerait pour lui retirer Rosa en dépit de la décision du juge relative à la garde de leur enfant. Bianca ne se privait pas non plus de changer les dates quand cela lui chantait et le menaçait de demander la garde exclusive s'il se plaignait. Passerait-elle à l'acte ? Gabriel ne prendrait jamais ce risque. Ni celui, en s'opposant à son ex, de voir les conséquences de ses actes retomber sur Rosa.

Pour l'instant, sa fille était avec lui pour trois semaines

en vacances d'été, et un combat redoutable attendait Gabriel. Bianca l'avait en effet informé quinze jours plus tôt qu'elle comptait retourner s'installer en Italie. Sa mère avait besoin d'elle, avait déclaré dévotement son ex, ce qui relevait de la pure plaisanterie vu qu'elle et sa mère s'entendaient comme chien et chat.

Que manigançait-elle ? De faire réviser – à la hausse, naturellement – le montant, plus que généreux, de la pension alimentaire qu'il lui versait pour Rosa ? Ou envisageait-elle sérieusement de rentrer dans son pays natal ? Elle n'avait aucune chance de le priver de sa fille, évidemment, mais Gabriel ne souhaitait pas non plus prendre de risque de ce côté-là. Aussi devait-il se tenir à carreau, même si cela le rendait fou furieux, et user de persuasion pour la dissuader de quitter New York.

Il passait la majeure partie de son temps à travailler, c'était indéniable. Et son style de vie ne correspondait pas vraiment à ce que l'on aurait pu attendre du père d'une enfant de six ans. Mais s'il travaillait autant, c'était avant tout pour assurer l'avenir de sa fille, justement, et lui offrir le meilleur en toutes choses.

Lorsque Rosa était avec lui, il faisait de son mieux pour être présent mais il ne pouvait pas tout déléguer, et son ex-épouse le savait trop bien. Elle était également au courant – qui ne l'était pas ? – de sa propension à enchaîner les conquêtes féminines. Il avait été pris en photo plus d'une fois avec une créature ravissante pendue à son bras et le regardant d'un air enamouré, alors qu'elle ne serait bientôt plus qu'un vague souvenir, avant de sombrer dans l'oubli total.

Gabriel avait atteint le sommet de l'échelle. Dans le monde des affaires, il faisait la loi, sachant avec qui passer des alliances et avec qui garder ses distances. Il était le chouchou du *Financial Times* et faisait régulièrement la une de la presse. Il avait très souvent sa photo en couverture de divers magazines plus ou moins sérieux, ou sur la première page des tabloïdes.

Acquérir ce statut ne s'était pas fait sans sacrifices, mais Gabriel était lucide et n'ignorait pas qu'au plus profond de lui-même, sous la légendaire assurance qui faisait partie intégrante de sa personnalité charismatique, une couche moins reluisante était enfouie. De culpabilité.

Il s'était marié à vingt-six ans avant de divorcer à trente. Originaire d'une famille d'aristocrates italiens, Bianca était flamboyante, belle, et en quête perpétuelle d'attention. Mais Gabriel avait fait passer le travail avant tout le reste. Alors que sa femme désirait sortir, participer à des soirées et événements mondains – avide d'exhiber sa voluptueuse beauté –, il l'avait couverte de diamants et de perles tout en ignorant ses besoins. Il avait fait ce qu'il avait toujours fait, se concentrant sur son empire pendant qu'elle vivait sa vie et atterrissait dans les bras d'un autre homme.

Qui aurait pu la blâmer d'avoir cherché ailleurs ce que son mari était incapable de lui offrir ? Cette pensée tenait parfois Gabriel éveillé jusqu'à l'aube. Le gamin de Brooklyn qui avait vu dans le travail un passeport pour la liberté l'avait emporté sur le riche homme d'affaires mondain dont Bianca s'était éprise et avec qui elle avait passé un contrat.

Le pire, c'était qu'il avait été soulagé par le naufrage de leur mariage et qu'au fond Bianca l'avait toujours affreusement ennuyé, dès le premier jour.

Cependant, il refusait que sa fille devienne la victime collatérale de ce divorce, aussi respectait-il les règles imposées par son ex, miné par la culpabilité et ne sachant pas trop jusqu'où il pouvait aller, considérant son style de vie, lequel ne changerait jamais.

En résumé, la situation n'était pas brillante. Et encore moins maintenant.

Gabriel tressaillit en entendant sa fille lui chuchoter que Bella ne se sentait pas très bien. Il se tourna à demi et jeta un regard en biais à Izzy, qui feignait de s'intéresser à un journal économique et financier posé sur la table en noyer.

Bella ? Malade ? Impossible, cette femme avait une cuirasse trop dure pour se laisser contaminer par quoi que ce soit… Néanmoins, malade ou pas, elle aurait dû se précipiter derrière Rosa et la ramener dans sa chambre.

Il hésita, partagé entre le désir d'enfreindre la sacro-sainte barrière protégeant sa vie privée et celui de demander à Izzy de surveiller sa fille, pendant qu'il allait voir ce qu'il en était réellement.

— Cela vous dérangerait de… ?

Tenant Rosa par la main, il traversa le salon et s'arrêta devant Izzy qui leva les yeux vers lui.

— Ma fille…

Il se passa la main dans les cheveux et détourna brièvement les yeux.

— Un problème avec sa nounou…

— Je m'appelle Rosa, dit sa fille en lui lâchant la main pour tendre la sienne à la jeune femme. Et vous ?

— Izzy.

— J'aime bien vos cheveux.

Izzy sourit à la petite Rosa, alors que Gabriel les observait de son regard sombre.

— Pas de problème. Je reste avec elle pendant que vous allez voir ce qui est arrivé à sa nourrice.

Il répugnait à la laisser avec sa fille, c'était évident. Parce qu'il était le genre d'homme à tout contrôler et à ne compter que sur lui-même, il ne devait pas apprécier de se fier à une inconnue.

Cette fois pourtant, il n'avait pas le choix, songea Izzy en retenant un sourire.

S'interdisant de dévisager plus longtemps la ravissante enfant qui avait fait irruption dans le salon, elle s'était forcée à se concentrer sur le magazine qui traînait sur la table basse. En réalité, elle n'en revenait pas qu'un homme aussi froid puisse être le père d'une fillette aussi adorable. Un père très affectueux et aimant, à en juger par son attitude avec la petite.

Brusquement, la réalité ne collait plus tout à fait avec le portrait qu'Izzy s'était fait de Gabriel Ricci.

— Pourquoi êtes-vous ici ? demanda poliment Rosa.

Izzy lui sourit, appréciant sa bonne éducation et sa franchise. Elle était vraiment très belle, avec de longs cheveux brun foncé repoussés derrière les oreilles, un teint mat et d'immenses yeux sombres. Son pyjama en coton doux était imprimé de dinosaures multicolores. Dans sa main, la petite tenait des feuilles de papier et crayon.

— Qu'est-ce que tu as là ? demanda Izzy. Des dessins ?

— Oui. Pour papa.

Elle les tendit à Izzy qui prit son temps pour les examiner.

— Tu es venue chez lui pour le week-end ?

Sans réfléchir, Izzy prit le crayon de la main de Rosa.

— Non, pour trois semaines. Maman est partie en Toscane et moi je reste avec papa.

Elle haussa les épaules.

— C'est son tour. Et je préfère être avec lui, de toute façon, même s'il passe beaucoup de temps à travailler.

— Et Bella est la jeune fille qui s'occupe de toi ?

De quoi se mêlait-elle ? se reprocha Izzy en faisant machinalement glisser le crayon sur le papier. Dans l'espace libre, elle reproduisit les dinosaures du pyjama, leur donnant une expression humaine et les habillant, en choisissant une tenue différente pour chacun d'entre eux.

Elle était venue chez Gabriel Ricci en mission. Pour aider Evelyn. Cet homme était un individu sans scrupule et elle n'avait vraiment pas besoin de se retrouver impliquée dans ses problèmes familiaux…

— Bella n'est pas une jeune fille ! répliqua Rosa avec mépris. C'est une méchante sorcière et je la déteste. Waouh. J'adore ce dessin ! Vous voulez bien en faire un autre ?

Izzy n'eut pas le temps de lui répondre. La porte se rouvrit sur un Gabriel tout différent de celui qui avait quitté la pièce quelques instants plus tôt.

— Bella va très mal, dit-il d'un ton brusque. Je pourrais appeler une ambulance, mais ce sera plus rapide si je la conduis moi-même à l'hôpital.

— Que lui est-il arrivé ? demanda Izzy en se levant.

— À mon avis, et d'après ce qu'elle a réussi à me dire, c'est une appendicite… Avec peut-être un risque de péritonite. Je dois partir, il n'y a pas de temps à perdre. Rosa…

Il se passa nerveusement la main dans les cheveux.

— L'hôpital n'est pas le meilleur endroit pour une enfant. Je vais devoir parler aux médecins…

— Je peux vous accompagner, proposa spontanément Izzy.

Après un moment d'hésitation, il hocha la tête.

— D'accord. Je vais chercher Bella et je redescends dans quelques minutes. Si vous voulez bien aller m'attendre avec Rosa devant la grande porte… Nous devons faire vite.

Izzy acquiesça sans réfléchir et, après avoir fourré crayons et feuilles de papier dans son sac, elle prit Rosa par la main et se dirigea rapidement vers la porte.

Il aurait pu partir sans sa fille et la lui confier, se dit-elle en chemin. Mais il ne savait rien d'elle, au fond.

La vie est étrange, tout de même. Elle était venue en

Californie dans l'espoir de se ressourcer, de se remettre de sa rupture avec Jefferson et pour panser ses blessures, or voilà que, dans la maison même où sa mère avait grandi, elle avait rencontré un homme à la personnalité ténébreuse et complexe qu'elle devait affronter pour aider la vieille amie de sa mère. Et, au lieu de le laisser se débrouiller avec sa fille et la nounou malade, elle lui rendait service de bon cœur, à cause de circonstances imprévues et d'une situation d'urgence.

Assise à côté d'elle à l'arrière du 4×4 noir, Rosa se blottit contre Izzy, manifestement effrayée et impressionnée par l'atmosphère tendue. Installée à l'avant, Bella gémissait tandis que Gabriel fonçait sur la route, concentré sur la conduite.

Dès qu'ils furent arrivés à l'hôpital, il ordonna qu'on apporte un fauteuil roulant ou un brancard avant de se retourner vers Izzy pour lui dire qu'il viendrait les rejoindre le plus vite possible dans le hall d'accueil. Puis il se pencha pour serrer Rosa dans ses bras et lui murmurer quelques mots rassurants.

— Merci, dit-il brièvement à Izzy en se redressant.

L'instant d'après, il disparaissait avec les soignants qui emmenaient Bella à toute allure.

Jamais encore Izzy ne s'était occupée d'une petite fille, ses contacts avec les enfants se limitant aux rencontres épisodiques avec les neveux et nièces de son amie Mia. Mais à sentir la petite main serrant la sienne, elle fut envahie par une émotion inconnue.

Elle percevait le désarroi de Rosa. Se retrouver sans son papa l'effrayait, et Izzy comprenait sa peur. N'avait-elle pas connu la même, pendant une bonne partie de sa vie ?

Durant le trajet jusqu'au grand hall désert et après s'y

être installée avec la petite fille, elle lui parla d'une voix douce et rassurante jusqu'à ce que celle-ci se détende. Ensuite, elle dessina tout ce que Rosa voulait, jusqu'à ce que la petite fille s'endorme soudain sans crier gare, la tête appuyée contre l'épaule d'Izzy.

Elle savoura la sensation du petit corps abandonné contre elle, respira le parfum des cheveux de Rosa et songea à sa propre enfance. Après la mort de ses parents, sa solitude avait été immense, pourtant elle n'avait pas partagé sa détresse avec ses frères, persuadée qu'ils ne pourraient rien faire pour alléger ce sentiment. Ensuite, avait-elle été trop avide d'aimer et d'être aimée pour se rendre compte que Jefferson n'était pas son genre d'homme ? Elle aurait dû s'en apercevoir au premier regard !

Elle repensa à la quête qui l'avait poussée à venir à Napa Valley. En ravivant les souvenirs, elle avait cru pouvoir guérir son cœur blessé. Or elle ne devrait compter que sur elle-même pour apaiser sa souffrance.

Sans s'en rendre compte, Izzy avait dû sombrer elle aussi dans le sommeil car elle fut réveillée par Gabriel qui lui secouait doucement l'épaule.

Elle étouffa un bâillement puis repoussa délicatement Rosa avant de se redresser et de lever les yeux vers son père, qui paraissait épuisé. En fait, pour la première fois depuis qu'elle avait fait sa connaissance, il ressemblait à un être humain.

— Tout va bien ? Bella ?

— Merci d'être restée avec Rosa, je vous en suis très reconnaissant.

Il souleva sa fille dans ses bras et la tint contre lui avec précaution pour ne pas la réveiller puis attendit qu'Izzy se lève avant de se diriger vers la sortie.

Ensuite il résuma ce qui s'était passé en s'avançant à grands pas vers le 4×4.

— Il sera bientôt 22 h 30, je ferais mieux de rentrer, dit Izzy quand ils eurent rejoint le véhicule.

L'homme à son côté était vraiment très beau, surtout avec Rosa blottie dans ses bras. Dommage qu'il soit aussi borné. Avant de s'endormir, Izzy avait réussi à joindre Evelyn par téléphone. Lorsque cette dernière lui avait demandé d'une voix anxieuse comment s'était passé son entrevue avec Gabriel Ricci, Izzy n'avait pas eu le cœur de lui dire la vérité. Celui qui voulait mettre dehors la vieille dame n'avait manifestement pas l'intention de se laisser attendrir et, hélas, il serait difficile, voire impossible, de le faire changer d'avis.

Il était émouvant, certes, tandis qu'il installait précautionneusement sa fille à l'arrière du 4×4, mais elle ne devait pas se leurrer. Ce n'était pas parce que, pris par l'urgence et la gravité de la situation, il avait revêtu un aspect plus humain qu'il était devenu un autre homme par magie.

— Vous n'avez pas dîné.

— Je n'ai pas faim, répondit Izzy en rougissant de son mensonge.

Elle devait s'en aller. S'éloigner au plus vite de ce superbe mâle beaucoup trop attirant. Mais déjà il lui ouvrait la portière côté passager.

— Tout s'est bien passé, avec Rosa ?

Après un instant d'hésitation, Izzy monta à bord et attendit que Gabriel ait allumé le contact pour lui raconter ce qu'elles avaient fait en l'attendant.

Et quand ils arrivèrent au domaine, elle ne songea même plus à refuser son invitation à dîner. Elle était fatiguée, mourait de faim et peut-être qu'il serait plus à même de l'écouter et d'assimiler ce qu'elle avait à dire à propos d'Evelyn, maintenant qu'elle lui avait rendu service.

Il ne s'agissait pas de faiblir, ni de se laisser ébranler dans sa détermination parce qu'elle avait entrevu un aspect plus humain de sa personnalité. Elle restait dans le seul but de lui parler, se dit Izzy lorsqu'il la fit entrer dans la cuisine avant d'aller mettre sa fille au lit.

Assise devant la table en chêne massif, elle se raidit dès qu'il réapparut. Il traversa le vaste espace en direction du réfrigérateur, dont il sortit des aliments qu'il semblait choisir au hasard. Du pain, du fromage, des tomates et divers plats provenant manifestement de chez un traiteur. Il déposa le tout sur le plan de travail.

Ne connaissait-il pas l'agencement de sa propre cuisine ? se demanda-t-elle comme il ouvrait et refermait tiroirs et portes, à la recherche d'assiettes, de couverts et de deux verres à pied qu'il mit sur la table.

— Non, merci, dit-elle en refermant la paume sur le verre qu'il poussait vers elle. Je ne peux vraiment pas m'attarder.

Il haussa les épaules et commença à couper le pain en tranches irrégulières.

— Ne me dites pas que vous êtes pressée au point de ne pas pouvoir manger un morceau avec moi alors que vous mourez de faim ?

— Je suis revenue avec vous parce que vous vouliez savoir comment cela s'était passé avec Rosa, monsieur Ricci, ce que je comprends tout à fait. Mais je suis toujours déterminée à essayer de vous convaincre que ce que vous faites à Evelyn…

— Maintenant que vous avez fait la connaissance de ma fille, nous pouvons nous appeler par nos prénoms, vous ne croyez pas ? Je m'appelle Gabriel. Rosa vous aime bien. Elle s'est réveillée juste le temps de me le dire avant de se rendormir.

Son attitude décontractée irrita Izzy. Elle n'était pas venue là pour papoter, or il attaquait déjà la salade composée, fort appétissante, et semblait disposé à parler de tout autre chose que de la situation problématique d'Evelyn.

— Rosa est adorable.

— Je ne suis pas certain que Bella partage votre avis, répliqua-t-il, pince-sans-rire. Mais il faut reconnaître que ma fille ne lui a pas facilité la vie. Oubliez votre amour-propre et servez-vous, Izzy. Ce n'est pas de la grande cuisine mais manger vous fera du bien.

— Merci… Gabriel. Mais n'allez surtout pas penser que ce qui est arrivé à la nounou m'a fait oublier la raison qui m'a amenée ici au départ. Et ne vous imaginez pas que vous pourrez me persuader de renoncer.

— Il faut savoir choisir ses combats, répondit-il lentement en la regardant. Vous ne gagnerez pas celui-ci.

Il désigna les plats posés devant elle, mais Izzy ignora son geste. Le taxi arriverait bientôt – elle avait pris le temps d'en commander un. Mais… ensuite ?

— Accepteriez-vous au moins d'aller la voir chez elle ? demanda Izzy.

Parce que si elle partait sans avoir rien mis en place pour la suite, et si Evelyn persistait à refuser l'offre de Gabriel, le prochain courrier l'informerait que Gabriel Ricci avait entamé le processus de rachat du terrain jouxtant sa petite propriété et que les travaux commenceraient bientôt.

— Pourquoi irais-je là-bas ?

Lorsqu'il leva de nouveau les yeux et croisa son regard, un drôle de frisson parcourut Izzy. Une sorte d'avertissement sans aucun lien avec le *cottage* d'Evelyn et les menaces à peine voilées de cet homme puissant. Un danger inconnu qui sema la confusion en elle et la fit tressaillir au plus profond de son être. Elle était trop sensible à la proximité de ce mâle superbe. Quand il la regardait ainsi, ce n'était pas seulement de la colère qui frémissait en elle. Izzy éprouvait une sensation ambiguë, comme si une part d'elle-même savourait les réactions étranges et incompréhensibles qui s'emparaient de son propre corps.

Gabriel la troublait physiquement et elle détestait cela parce que, ce faisant, il la détournait de la mission qu'elle s'était assignée et la rendait vulnérable. Sa relation avec Jefferson avait anéanti tous les fantasmes qu'elle avait pu nourrir avant et avec lui. Il s'agissait de sa première aventure amoureuse, aussi la chute avait-elle été brutale. Izzy avait fui, déçue, blessée et désillusionnée par cette expérience. Alors pourquoi ce trouble incontrôlable face à Gabriel ?

— Peut-être que si vous rencontriez Evelyn…

— Je l'aurais rencontrée si vous n'aviez pas décidé de venir à sa place. Quel lien entretenez-vous avec elle, au fait ?

— Je vous l'ai dit. Evelyn et moi sommes amies.

Devait-elle lui parler de son lien avec cette maison ? À quoi bon ? Hormis le fait que sa mère y avait grandi, cette demeure n'avait rien de familier pour elle. Trop de changements y avaient été apportés depuis l'époque où la jeune Beverley avait pris ses photos.

En revanche, le *cottage* – et Evelyn –, suscitaient des émotions en elle, la ramenant au passé et l'aidant à mieux se souvenir de sa mère. Était-ce pour cette raison qu'elle éprouvait un tel besoin de protéger son amie ? Qu'elle ne voulait pas voir la maison accueillante de cette dernière transformée en simple élément d'un ensemble de bâtiments destinés à héberger des étrangers, avant que le tout soit probablement rasé et remplacé par des constructions à l'architecture froide, quelconque et fonctionnelle ?

— Vous êtes ici en vacances…

Il inclina légèrement la tête de côté en même temps qu'une expression à la fois détachée et rusée envahissait ses traits.

— Et vous venez de loin, à en juger par votre accent britannique. Avez-vous décidé de rendre visite à Mlle Scott sur un coup de tête – puisque vous m'obligez à parler d'elle…

— Pourquoi toutes ces questions ? répliqua Izzy en redressant le menton. Peu importent les raisons qui m'ont amenée à venir ici.

Elle s'interrompit un instant et reprit calmement :

— J'apprécierais vraiment que vous veniez rencontrer Evelyn chez elle. Cela pourrait vous inciter à changer d'avis, qui sait ?

Un bref éclat traversa les yeux sombres.

— Je ne suis pas homme à changer d'avis, croyez-moi.

— Il n'y a pas de quoi s'en vanter, murmura Izzy.

Pendant des années, elle avait fait ce que Max lui demandait : travailler dur pour avoir de bons résultats scolaires ; faire des études qu'elle-même n'aurait jamais choisies pour obtenir « un diplôme qui lui ouvrirait toutes les portes » ; ne pas sortir avec des garçons parce qu'elle ne devait pas se laisser distraire mais se concentrer sur ses études. Après l'obtention de son diplôme, Max lui avait offert un « job de rêve » qu'elle avait été bien forcée d'accepter.

Il avait encore fallu du temps pour qu'Izzy trouve enfin le courage de s'opposer à ses idées et d'imposer les siennes. Pour qu'elle ose exprimer ses propres désirs et aspirations.

Au début, elle n'avait pas affronté son frère ouvertement, c'est vrai. Elle ne lui avait pas parlé de ses projets, s'efforçant de trouver une façon détournée de lui expliquer qu'elle n'approuvait pas sa vision des choses, au lieu de le lui dire, tout simplement.

Grisée par ce début d'indépendance, elle s'était lancée dans une malencontreuse histoire d'amour avant de prendre lâchement la fuite quand tout avait raté. Elle était partie à la quête d'une chose qui, elle le savait maintenant, n'existait pas.

Sa mère reposait dans son cœur et non dans un assemblage de briques et de ciment…

Cependant, Izzy ne regrettait rien. D'une part, elle avait enfin tenu tête à Max au lieu de suivre docilement le chemin qu'il avait tracé pour elle… et il lui avait dit qu'il la respectait d'avoir choisi sa propre voie ! D'autre part, elle se rendait compte qu'elle avait eu raison de vivre cette relation avec Jefferson. Cela n'avait pas marché – et alors ? Ces deux découvertes lui avaient donné une énergie formidable, ainsi que le courage de faire face à un homme manifestement habitué à parvenir à ses fins.

— Vous pouvez répéter ?

— J'ai dit…

Elle redressa le menton et soutint son regard sans ciller.

—… Il n'y a que les imbéciles qui ne changent pas d'avis.

Gabriel la dévisagea en silence, abasourdi.

Il était épuisé. La soirée avait été longue et laborieuse. Il s'était décarcassé pour s'assurer que le meilleur spécialiste s'occupe de Bella. Ses craintes avaient été avérées : elle avait frôlé la péritonite et serait hospitalisée pendant au moins une semaine.

Quand il avait appelé Bianca pour lui expliquer la situation, il avait alors découvert, à sa grande stupeur, qu'elle était déjà installée dans sa villa toscane, le confortant ainsi dans ses soupçons que les menaces d'emmener Rosa avec elle en Italie étaient fondées. Il n'avait jamais cru à ce soudain désir de jouer les infirmières auprès de sa mère, laquelle vivait en effet en Toscane.

En revanche, il n'avait pas du tout été étonné d'entendre le plaisir évident de Bianca en apprenant qu'il se retrouvait sans nounou. Elle se retenait de fanfaronner, de claironner, il l'avait senti lorsqu'elle avait répliqué qu'il allait se rendre compte par lui-même de ce que c'était que de s'occuper d'une enfant à plein temps. Comme si elle le savait, s'était-il retenu de lui faire remarquer.

Après avoir évoqué la santé déclinante de sa mère, son ex avait glissé à sa façon sournoise qu'il gagnerait à démontrer concrètement qu'il pouvait se débrouiller seul avec sa fille et mettre de côté son précieux travail, pour une fois.

Et maintenant cette petite blonde têtue voulait lui imposer une conversation absurde ? En plus, elle éveillait en lui un désir malvenu…

Il n'avait vraiment pas besoin de cela. C'était déjà bien assez insupportable de ne pouvoir contrôler une part essentielle de sa vie, de devoir admettre que ni le pouvoir ni l'argent ne l'aideraient à atteindre le but qu'il s'était fixé concernant sa fille. Or il n'y pouvait rien : face à Izzy Stowe, Gabriel se sentait… désarmé. Et fasciné malgré lui.

Alors que cette femme était la pire enquiquineuse qu'il avait jamais rencontrée.

— Vous croyez vraiment pouvoir me convaincre en m'insultant ?

Sur ces paroles, il repoussa son assiette, recula sa chaise et étira ses longues jambes devant lui.

Izzy ne s'y trompa pas. Sous ses dehors décontractés, Gabriel demeurait à l'affût, prêt à fondre sur elle au moindre faux pas. Mais dans cette posture nonchalante, il était hélas encore plus… sexy.

— Ce n'était pas une insulte mais, à mon avis, il est plus constructif de se pencher sur le point de vue des différentes personnes impliquées et de… laisser la possibilité à chacun d'exprimer son opinion et de plaider sa cause. Je veux dire par là que…

Elle songea aux peintures anciennes et contemporaines ornant les murs clairs du salon, au magnifique tapis persan recouvrant en partie le parquet…

— J'imagine facilement que cette conversation vous agace, mais avez-vous vraiment besoin d'agrandir encore votre fortune ?

Sa question était sincère parce que, tout en ayant bénéficié d'un style de vie confortable grâce à ses frères et son milieu privilégié, Izzy n'avait jamais réellement compris l'obsession de certains pour l'argent. D'après ce qu'elle avait pu constater, la richesse génère ses propres problèmes. Comment savoir si une personne s'intéresse à vous pour votre argent ou pour vous-même, par exemple ?

À en juger par son assurance, son arrogance et son autorité naturelle, Gabriel venait d'un milieu très aisé.

Aux yeux d'Izzy, c'était un mauvais point.

— Seriez-vous en train de me faire la leçon ? demanda-t-il, l'air stupéfait. Et, oui, cette conversation m'agace, en effet.

Elle décida d'ignorer la dernière phrase.

— Je suppose que quand on n'a jamais manqué de rien, on a beaucoup de mal à comprendre ce que ressentent les gens qui n'ont pas bénéficié de la même chance…

Mais que faisait le taxi ? se demanda-t-elle en baissant les yeux sur son portable. Il aurait dû être là depuis longtemps.

— Les défis ne vous font pas peur…, dit Gabriel, les mâchoires serrées.

Izzy rougit. Au même instant son téléphone vibra. Son taxi était enfin arrivé. Elle bondit de sa chaise, soulagée de s'en aller. Pour ce qui était de la suite, elle avait besoin de temps pour réfléchir à la meilleure stratégie à adopter.

Elle se dirigea vers la porte d'un pas décidé, Gabriel à son côté. Sa simple proximité la faisait frémir intérieurement, son charisme viril produisait un effet dévastateur sur ses sens. Jefferson était beau lui aussi. Cheveux blonds et yeux verts. Allure de surfeur. Et surtout, ce qui avait séduit d'emblée Izzy, un humour et une liberté d'esprit incroyables.

Mais le charme de Gabriel Ricci agissait tout autrement. L'aura qui émanait de toute sa personne aurait fasciné n'importe qui. Sa beauté indéniable ne faisant qu'accroître le pouvoir d'attraction qu'il exerçait sur elle.

— Combien de temps comptez-vous rester dans la région ?

La voix grave au timbre sensuel interrompit le cours fiévreux de ses pensées.

— Je... J'aimerais partir en sachant que tout est arrangé pour Evelyn.

— Vous disposez d'un congé à durée indéterminée ?

Izzy lui lança un regard en biais, mais le visage de Gabriel demeurait indéchiffrable. Impossible de savoir s'il y avait de l'humour dans sa question.

— Personne ne vous attend ? enchaîna-t-il sur le même ton neutre. Pas de famille ? De petit ami ?

— Je...

Cette fois, elle le foudroya du regard. Appuyé au chambranle de la porte, il la contemplait nonchalamment, tandis que l'affreuse sensation de vide envahissait Izzy. Elle avait vingt-deux ans, et peu d'amis. Et aucun petit ami. Jefferson avait été le tout premier. Elle s'était éprise de lui dans un élan de liberté, amoureuse de l'idée d'être amoureuse. Une fois l'élan retombé, Izzy était de nouveau seule, et toujours vierge.

Trouverait-elle jamais l'amour ? À cause de Jefferson, le doute l'assaillait.

— Mon taxi est là.

— Il attendra.

Izzy le dévisagea, interdite.

— Personne n'oserait s'arrêter devant chez moi et repartir sans ma permission, ajouta-t-il en guise d'explication.

Lentement, il s'écarta du chambranle et la contempla un instant en silence.

— Vous désirez que je rencontre votre amie et discute avec elle de ma proposition, comme prévu initialement ?

Gagnée par un léger vertige, Izzy soutint le regard fouillant le sien.

— Pourquoi me poser la question puisque vous en connaissez la réponse ? répliqua-t-elle crânement.

— J'irai la voir demain.

Elle baissa les yeux et quand elle se décida à relever la tête, la lueur qui éclairait les yeux sombres de Gabriel la fit frissonner au tréfonds de son être.

— Evelyn peut compter sur vous vers quelle heure ?

— Je veux vous voir toutes les deux, déclara-t-il d'une voix impérieuse et suave à la fois. Mais je n'ai sans doute pas besoin de le préciser, puisque vous semblez vous être attribué le rôle d'ange gardien.

Il ouvrit la porte, laissant entrer une bouffée d'air chaud.

— Je serai chez elle à 18 heures.

Sans le regarder, Izzy franchit le seuil et acquiesça d'un hochement de tête. C'était bon signe. S'il acceptait d'aller voir Evelyn et de discuter avec elle, cela signifiait qu'il n'était pas totalement obtus.

Une fois que ce problème serait réglé, d'une façon ou d'une autre, elle resterait encore une semaine chez Evelyn, le temps d'être sûre que tout allait bien pour son amie. Puis elle retournerait à Hawaï.

À ce moment-là, le sentiment étrange et troublant qui avait pris possession d'elle aurait disparu, Dieu merci.

3.

Une oasis, en effet. La petite propriété d'Evelyn Scott formait un îlot multicolore dont l'exubérance tranchait avec les vignes s'étalant en rangs rectilignes à perte de vue.

Les arbres y avaient poussé librement, les fleurs déployaient leurs couleurs vives dans un savant désordre qui ne devait rien au hasard mais tout à l'inventivité de celle qui les cultivait. Le soleil déclinant passait à travers les feuillages et projetait des ombres alentour.

Gabriel ne s'était jamais aventuré par là. Il avait consacré toute son attention aux vignobles. Il connaissait l'existence du *cottage* et l'avait aperçu de loin quand il se rendait chez lui ou en repartait, mais sans jamais chercher à s'en approcher.

S'il n'avait pas décidé d'agrandir son domaine viticole, il ne se serait pas préoccupé plus que cela de la parcelle occupée par Evelyn Scott. Ce minuscule bout de terrain aurait représenté une trouée dans ses terres, mais il pouvait se le permettre. Les anciens propriétaires n'avaient manifestement jamais envisagé d'étendre leur propriété, aussi le petit îlot et son *cottage*, ancrés dans un coin où ils ne mettaient sans doute pas souvent les pieds, ne les avaient-ils jamais incommodés.

Pas plus qu'ils n'auraient incommodé Gabriel s'il n'avait nourri l'ambition de développer son exploitation, projet qui créerait en outre des emplois pour la communauté locale – ce qui n'avait jamais dû traverser l'esprit d'Izzy.

Néanmoins, il comprenait mieux l'attitude de celle-ci. Le *cottage* était tout à fait charmant. Barrière blanche, sentier serpentant en direction de la porte d'entrée, toit de tuiles d'un rouge mat patiné par le temps. Une maison de conte de fées, opinion de toute évidence partagée par Rosa qu'il tenait par la main.

Elle avait adoré traverser les bois, tandis qu'ils roulaient vers le *cottage*, et fait mille commentaires enthousiastes. Elle voulait grimper aux arbres. Pourrait-elle explorer les bois toute seule ? Elle en avait assez de rester à la maison toute la journée. Voudrait-il bien nager dans la piscine en sa compagnie ? L'accompagner dans les boutiques de Napa ? Jouer à des jeux vidéo avec elle ?

À présent, elle sautait d'un pied sur l'autre, les yeux brillant d'excitation. Lui lâchant la main, elle partit en courant vers le *cottage*, vêtue d'un T-shirt chiffonné et d'un short en jean, en baskets, parce qu'elle détestait les robes et « tous les trucs de fille ».

Gabriel lui emboîta le pas. Son emploi du temps était des plus chargé, avec notamment deux contrats importants à finaliser. Dès qu'il avait compris que l'état de Bella était sérieux, il avait songé à demander à une agence de lui trouver une remplaçante temporaire, mais les railleries sournoises de son ex avaient ravivé toutes ses inquiétudes. Il se préparait à une bataille en bonne et due forme avec elle. Parce qu'il ne la laisserait jamais disparaître en Italie en emmenant Rosa.

Il n'était pas né d'hier. En dépit de sa fortune colossale, il savait que, devant un juge, la requête de la mère passerait en priorité, surtout si elle pouvait démontrer que le père consacrait tout son temps au travail. Peu importait que Rosa, la priorité numéro un de Gabriel, soit la seule à occuper une place dans son cœur et que c'était pour elle qu'il consacrait tout son temps au travail. Après leur divorce, il avait versé des sommes astronomiques à Bianca. Elle ne manquait de rien, et pourtant elle continuait à lui en vouloir au point de le faire passer pour un monstre.

Il n'y a rien de plus dangereux qu'une femme négligée. Gabriel avait compris trop tard que l'amour-propre de Bianca n'avait pu supporter l'indifférence de son époux à son égard. Aristocrate de naissance et admirée pour sa beauté stupéfiante, elle avait grandi entourée de privilèges et d'attentions. Sa mère, à présent veuve, entretenait toujours des relations avec des gens haut placés et avait le bras long.

Bianca avait été élevée pour être choyée et vénérée, mais Gabriel n'avait pas cédé à ses caprices. Il l'avait ignorée, n'avait pas manifesté la moindre jalousie quand elle s'était mise à flirter ostensiblement avec d'autres hommes. Il avait commis le pire des péchés en ne la considérant pas comme sa priorité, et le fait qu'il ne soit qu'un parvenu, comme elle le lui avait lancé à la figure un jour, avait représenté pour elle l'ultime humiliation.

La vérité, c'est qu'il s'était marié à la hâte parce que Bianca était enceinte – accident dont il s'estimait responsable –, même s'il avait découvert plus tard qu'elle avait délibérément arrêté de prendre la pilule. Il ne l'avait jamais aimée et avait fini par ne plus ressentir que de l'indifférence vis-à-vis d'elle. Lorsque Bianca s'en était aperçue, elle s'était mise à le haïr.

Gabriel n'avait pas l'intention de la laisser disparaître avec sa fille, notamment parce qu'elle n'hésiterait pas à se venger de lui sur Rosa. Cette grossesse non prévue lui avait offert le cadeau le plus précieux qu'il avait jamais reçu et il ne permettrait pas que Bianca lui enlève sa fille et retourne s'installer dans son pays d'origine, à des milliers de kilomètres.

Ce n'était pas tout. Il savait qu'il aurait dû focaliser toute son attention sur sa fille. Il était conscient de l'importance de la vie de famille – il avait été élevé par des parents dévoués qui s'étaient donné un mal de chien pour lui. Et soudainement, il se sentait poussé dans une voie différente de celle qu'il avait empruntée depuis son divorce.

Peut-être était-ce dû à l'absence de Bella. Privé de nounou, il se retrouvait confronté à ses propres limites. Peut-être que la dégradation de ses rapports avec son ex lui avait rappelé que diriger seul un empire n'était pas compatible avec le statut de père. Ou peut-être était-ce le fait d'être là, dans cet endroit coupé du monde, sous un ciel immense et serein.

Ici, la vie était si différente du rythme infernal de son existence new-yorkaise. Là-bas, ralentir cinq minutes représentait un luxe qu'il pouvait rarement s'offrir.

La vision du beau visage d'Izzy surgit soudain dans son esprit : ses boucles blond cendré, sa bouche sensuelle et pulpeuse, ses magnifiques yeux bleu clair au regard limpide.

Que lui arrivait-il, bon sang ? Il était venu là pour rencontrer Evelyn Scott et régler cette histoire. Pas pour s'égarer dans des pensées vaines et absurdes.

Gabriel s'avança et rejoignit sa fille qui l'attendait avec impatience.

— J'adore cette maison ! s'exclama-t-elle en souriant jusqu'aux oreilles.

Il lui sourit et s'accroupit devant elle pour être à sa hauteur.

— Qui sait ? murmura-t-il. Tu vas peut-être pouvoir explorer ce lieu enchanté…

Toutes les fenêtres étant grandes ouvertes, Izzy entendit résonner le heurtoir depuis le jardin de derrière, où Evelyn et elle profitaient des derniers rayons du soleil en buvant leur thé.

Elle avait raconté à son amie son entrevue avec Gabriel, mais sans mentionner l'échange qui avait eu lieu avant son départ, espérant ainsi dissiper l'effet déconcertant que cet homme produisait sur elle. Elle avait bien insisté sur le fait que rien n'avait été décidé, or Evelyn semblait avoir repris espoir. Pire, la vieille dame considérait presque cette visite comme un blanc-seing.

« J'ai hâte de lui montrer mon jardin, Izzy, avait-elle dit gaiement. Il verra que ce petit bout de terrain n'est pas et ne sera jamais une souillure dans le paysage ! Tu sais combien j'aime ma maison et mon jardin. Je pressens qu'une fois qu'il s'en rendra compte concrètement, il comprendra que ce n'est pas la peine de les engloutir dans son projet Je suis peut-être âgée, mais je me porte comme un charme et je suis tout à fait capable de m'occuper de ma petite parcelle ! »

« Il sera bien forcé d'en convenir », avait acquiescé Izzy.

Mais non sans répéter encore une fois qu'il ne fallait pas oublier que pour l'instant rien n'était acquis.

« C'est un homme impitoyable », avait-elle insisté.

Traversant rapidement la maison, elle alla ouvrir la porte d'entrée avec la ferme intention de demander à Gabriel de s'y prendre en douceur avec Evelyn parce que celle-ci n'était pas aussi solide qu'elle le paraissait, mais elle oublia le petit laïus qu'elle avait préparé en voyant Rosa lever les yeux vers elle avec un sourire extasié.

— Vous voulez bien m'emmener dans le jardin ? demanda-t-elle en lâchant la main de son père et en s'avançant vers Izzy. Il y a un pommier ? Vous voulez bien me dessiner d'autres choses ? Oh…, j'aurais dû apporter mon bloc de papier…

Elle se tourna vers son père, l'air désolé.

— On peut retourner le chercher, papa, pour que… ?

— Ne t'inquiète pas, l'interrompit Izzy en souriant. Je suis sûre que je vais nous trouver du papier quelque part. Et bien sûr qu'il y a un pommier ! Et des tas de plantes et de fleurs, des herbes aromatiques, des légumes… Je vais en dessiner, si tu veux. Tu choisis les légumes et j'en ferai ce que tu voudras : des personnages, des animaux…

— Excellente idée, acquiesça Gabriel.

Izzy redressa la tête vers lui, mais il entrait déjà dans la maison.

Suffoquée, elle le regarda se présenter à Evelyn. Disparu, l'homme froid et inflexible de la veille. Il était tout sourires et se livrait à une véritable opération de séduction !

— Quel endroit magnifique… La maison est vraiment charmante… Parlez-moi de ces photos… Oui, je suis certain que le jardin est aussi beau que le *cottage*…

Il se retourna vers Izzy, le sourire toujours en place, mais elle ne fut pas dupe – il ne tolérerait pas qu'elle intervienne et émette la moindre protestation.

— Vous pourriez vous occuper de Rosa ? J'en profiterais pour parler en tête à tête avec Mlle Scott ?

Ce n'était pas une proposition mais une directive. Et à la grande consternation d'Izzy, le charme de Gabriel opérait sur son amie. Elle avait les yeux brillants, souriait aux anges et rougit littéralement de plaisir lorsqu'il reprit ses louanges.

Lorsque Evelyn se dirigea vers la cuisine en expliquant à son visiteur qu'elle avait confectionné un gâteau aux carottes, Izzy soupira et proposa à Rosa d'aller explorer les alentours. Au même instant, Gabriel réapparut, si beau et si sexy dans son jean délavé et son polo noir qu'elle en eut le souffle coupé.

— Prenez tout votre temps, dit-il avec un sourire éblouissant.

Puis, sans lui laisser le temps de placer un mot, il disparut à l'intérieur du *cottage*, et Izzy l'entendit faire un nouveau compliment à Evelyn d'un ton presque enjôleur…

Elle demeura immobile un instant et fronça les sourcils, franchement inquiète. Elle n'avait même pas pu lui recommander de prendre des gants avec son amie.

Sentant une petite main prendre la sienne, Izzy baissa les yeux et vit que Rosa la dévisageait d'un air interrogateur et impatient.

— On y va ? demanda la petite fille en lui tirant la main. On va voir le jardin de Mlle Scott ?

Durant une heure et demie, Izzy s'occupa de Rosa pendant que Gabriel et Evelyn discutaient en tête à tête dans le salon cosy dont la large baie vitrée donnait sur le jardin.

Veiller sur cette enfant n'avait rien d'une corvée, au contraire. Plus elle connaissait la petite fille, et plus elle appréciait son intelligence et son esprit curieux de tout.

Cependant, tout en bavardant avec elle et en dessinant dans la cuisine, Izzy ne pouvait s'empêcher de se demander de quoi Gabriel et Evelyn pouvaient bien parler pendant aussi longtemps. Et lorsqu'elle entendit soudain la porte du salon s'ouvrir, elle se figea, craignant déjà le pire.

Mais quand elle apparut sur le seuil, son amie n'avait pas du tout l'air abattu et souriait jusqu'aux oreilles.

La haute silhouette de Gabriel se profila derrière elle.

— Il est temps de nous en aller, Rosa, dit-il d'un ton neutre.

Rosa parut hésiter, tourna les yeux vers son père qui soutint son regard sans ciller, puis elle commença à rassembler les feuilles de papier avec réticence tandis qu'Izzy se levait en s'interrogeant sur la meilleure conduite à adopter.

Gabriel coupa court à ses interrogations en demandant d'une voix suave :

— Vous venez avec nous jusqu'à la maison, Izzy ? J'aimerais bavarder un peu avec vous.

— Evelyn préférerait peut-être que je…

Elle se tourna vers son amie et, sidérée, vit celle-ci lui faire un clin d'œil.

— Vas-y, Izzy, nous en parlerons demain. Rien ne presse !

Profitant du fait que Rosa rassemblait les crayons de couleur trouvés dans un tiroir de la cuisine et les remettait à leur place, puis soulevait les dessins pour les montrer à son père, Evelyn se rapprocha d'Izzy et lui murmura à voix basse :

— Quel homme adorable… Je me demande bien pourquoi je me suis fait autant de mauvais sang avec cette histoire. Il est très compréhensif, le sais-tu ?

— Evelyn…

— Tst, tst, tst, Izzy. Je sais que tu as traversé un moment difficile, mais tous les hommes ne sont pas les mêmes, et Gabriel m'a écoutée parler avec compassion et bienveillance, je t'assure. Mon Dieu, quand je pense à toute cette anxiété…

Comme elle s'interrompait, les yeux brillant de larmes de soulagement, Izzy retint un gémissement. L'homme décrit par Evelyn ne ressemblait en rien à celui qu'elle-même avait rencontré la veille. Elle se retint toutefois d'exprimer sa pensée à voix haute et, après avoir embrassé Evelyn, elle suivit Gabriel et sa fille qui se dirigeaient en bavardant vers le 4×4.

Le trajet se déroula dans une atmosphère détendue – grâce à Rosa qui entreprit de raconter à son père l'histoire qu'elles avaient inventée et retranscrite en bande dessinée.

Lorsqu'ils furent arrivés à destination, Izzy descendit du véhicule et frissonna. Le crépuscule avait apporté de la fraîcheur et, en short et T-shirt, elle avait presque froid.

Sans dire un mot elle suivit Gabriel qui ouvrit bientôt la lourde porte en chêne et s'effaça pour la laisser entrer, tandis que Rosa traversait le grand hall en courant pour grimper à l'étage.

Il voulait bavarder. C'était mauvais signe, même si rien n'indiquait qu'il s'apprêtait à lui annoncer une mauvaise nouvelle.

— Je monte avec Rosa, dit-il en se retournant vers Izzy. Vous pouvez aller vous installer dans la cuisine en m'attendant. Faites comme chez vous et servez-vous à boire : il y a une bouteille de chardonnay dans le réfrigérateur. Il est excellent, vous verrez.

Sur ces mots, il pivota sur lui-même sans lui laisser le temps de répliquer, comme la veille, qu'elle n'avait pas l'intention de boire du vin.

Mais une fois dans la cuisine, Izzy changea d'avis et se dit qu'un verre de chardonnay ne lui ferait pas de mal. Cela pourrait même l'aider à se détendre. Elle avait en effet toutes les peines du monde à rester calme quand Gabriel affolait tous ses sens !

Lorsqu'il vint la rejoindre, elle était tendue à l'extrême.

— Vous avez discuté longtemps, Evelyn et vous, dit-elle sans le regarder.

Gabriel se servit un verre de vin qu'il posa à côté du sien, encore plein. Puis il s'assit en face d'elle, l'air pensif.

— Il y avait matière à discuter, répondit-il enfin. J'avais commis une erreur en confiant cette mission à mes avocats. J'aurais dû m'en occuper moi-même, je le reconnais.

Avec un haussement d'épaules nonchalant, il porta son verre à ses lèvres. Izzy attendit qu'il poursuive, or il semblait plus concerné par la qualité de son chardonnay que par leur discussion.

Comment pouvait-il rester assis là à siroter son vin après avoir rencontré Evelyn et constaté à quel point elle tenait à sa chère maison et à son précieux jardin ? Ne comprenait-il pas que toute la vie de la vieille dame était concentrée dans cet îlot de calme et de sérénité ?

— Vous avez manipulé Evelyn ! Elle est persuadée de pouvoir rester chez elle ! fit Izzy avec colère. Elle vous a trouvé compréhensif ! Elle vous prend pour un type bon et généreux !

— Avis que vous ne partagez manifestement pas.

— Pourquoi l'avoir encouragée à croire que tout irait bien si vous n'avez pas l'intention de… de… ?

— Vous ne…

— Je m'en vais ! l'interrompit-elle en se levant.

— Rasseyez-vous, Izzy, et buvez votre vin. Nous allons discuter calmement de cette situation épineuse.

— Vous n'avez pas d'ordres à me donner !

— Non, en effet. En revanche, je peux vous dire que ma proposition envers votre amie est sensée et qu'au regard des circonstances, elle représente la meilleure solution pour elle comme pour moi. Je suis loin d'être un monstre, ce dont vous vous rendriez compte si vos émotions n'obscurcissaient pas votre jugement.

Izzy le foudroya du regard.

— On ne peut pas tout considérer d'un point de vue strictement rationnel ! riposta-t-elle. Certaines choses sont indissociables de l'émotionnel. Le problème, c'est que vous êtes incapable de vous en rendre compte parce que vous êtes aussi froid qu'un bloc de glace !

— Pas toujours…, murmura-t-il.

Leurs regards restèrent soudés l'un à l'autre, quelque chose bascula dans l'atmosphère. Izzy sentit le rouge lui monter aux joues et, soudain, la pièce parut se rétrécir, les murs se resserrer autour d'eux, tandis que Gabriel continuait de la scruter, les yeux mi-clos. Une douce chaleur se propagea en elle, son cœur se mit à battre à un rythme sauvage. Le temps suspendit son cours.

Gabriel fut le premier à détourner les yeux.

— La situation n'est pas aussi simple que vous semblez le croire.

Il se passa la main dans les cheveux et soupira.

— Je ne dirige pas un organisme de bienfaisance, pas plus que je ne suis le Père Noël. Je n'ai pas l'intention de vivre ici en permanence et je ne suis pas qualifié pour gérer l'exploitation de ces vignobles comme ils le méritent. Le régisseur loue un appartement en ville, c'est loin d'être idéal. Le personnel devra lui aussi être hébergé à proximité. Or le *cottage* et le terrain qui…

— Si vous ne comptez pas vivre ici, pourquoi ne pas utiliser cette maison comme centre d'hébergement pour tout le personnel ? Il y a suffisamment de place.

— Là n'est pas la question. Je désire accroître la production et je vais racheter les terres qui jouxtent la propriété de votre amie. Sa tranquillité en sera grandement compromise.

— Et vous le lui avez expliqué ?

— J'ai… essayé, répondit Gabriel en soupirant de nouveau.

— Mais vous avez échoué, rétorqua Izzy, sarcastique. Evelyn croit que tout est réglé et qu'elle va pouvoir rester tranquillement chez elle.

— Je ne comprends pas qu'elle tienne autant à cette maison. Elle vit seule et doit se sentir isolée, non ? Ne préférerait-elle pas se rapprocher de ses amis ? Elle aime le jardinage, d'accord, mais elle pourrait se trouver d'autres loisirs ; les opportunités ne manquent pas, à Napa. Et puis, certaines maisons sont assorties d'un jardin, même en ville.

Izzy inspira profondément.

— Evelyn a consacré une bonne partie de sa vie à la famille qui habitait cette maison, et ils lui ont légué le *cottage* parce qu'à leurs yeux elle était bien davantage qu'une gouvernante. Ils la considéraient comme une amie.

— De quelle famille parlez-vous ? demanda-t-il en fronçant les sourcils. J'ignorais que les propriétaires qui m'ont précédé avaient des enfants. Et une gouvernante.

— Cette propriété a été rachetée et revendue deux fois avant que vous n'en fassiez l'acquisition.

Le silence s'installa entre eux. Izzy fit tourner le pied de son verre entre ses doigts pour se donner une contenance, puis but trop vite et faillit s'étrangler.

Gabriel l'observait en silence, attentif au ton de sa voix. À l'expression de son beau visage. Une délicate roseur envahit soudain les pommettes à la peau claire…

Jamais il n'avait rencontré une femme aux traits si expressifs. Izzy Stowe était vive et spontanée, et elle ne craignait pas d'exprimer son opinion, mais il y avait en elle quelque chose d'incroyablement innocent qui l'intriguait.

Ce qu'elle venait de lui révéler l'éclairait sur les raisons de sa présence en Californie, ainsi que sa détermination farouche à défendre Evelyn Scott contre le grand méchant loup.

— Cette famille que vous évoquez…

Se penchant en avant, il appuya un coude sur la table et, doucement, lui souleva le menton pour la forcer à le regarder. Sa peau était d'une douceur extraordinaire, lisse comme de la soie. Il dut résister au désir de lui caresser la joue, d'effleurer ses lèvres pulpeuses du bout du pouce. Il laissa finalement retomber sa main et se redressa.

— Evelyn travaillait comme gouvernante chez mes grands-parents, ce n'est pas un secret, commença Izzy. Elle était aussi la nounou de ma mère. Elle est restée à leur service jusqu'au jour où la propriété a été vendue. Parce que mon grand-père était tombé malade, il a préféré déménager avec sa famille dans une maison moins grande. Evelyn aurait pu les accompagner mais elle tenait à rester dans la région. Alors mes grands-parents lui ont donné le *cottage* et le terrain adjacent pour la remercier de son dévouement.

— Votre famille a vécu ici ? Dans cette maison ?

— Oui. Il n'y a pas de quoi en faire une histoire.

Au contraire…

En fait d'innocence… Il s'était bien trompé ! Si ses grands-parents avaient possédé cette maison et les vignobles, cela en disait long sur son pedigree…

La blonde éthérée au regard limpide était une gosse de riches et, fort de son expérience avec son ex, il savait à quoi s'en tenir. Ce genre de femmes était prêt à tout pour obtenir ce qu'elles désiraient, c'était inscrit dans leur ADN.

Et pourtant Rosa s'était prise d'affection pour Izzy. Quand il l'avait installée pour la nuit, sa fille n'avait parlé que du *cottage*, du pommier, de sa « merveilleuse amie » et de son talent incroyable pour dessiner des « trucs formidables ».

— Ma mère était fille unique, reprit Izzy avec réticence. Elle parlait beaucoup d'Evelyn.

— Pourquoi employer l'imparfait ? Elle n'en parle plus ?

— Elle est morte il y a douze ans. J'en avais dix.

— Vous n'étiez qu'une enfant, murmura Gabriel. Je suis désolé.

Comme elle baissait les yeux, il poursuivit :

— Et vous êtes venue ici pour quelle raison ?

— Pour voir l'endroit où ma mère avait grandi.

— Et une fois sur place, vous avez décidé de défendre la cause d'Evelyn quand elle vous a parlé de mon projet. Vous avez aussitôt pensé qu'il vous suffirait de me dire deux mots pour que j'y renonce, c'est cela ?

Évidemment, on l'avait immunisée contre l'échec dès son plus jeune âge. Au fur et à mesure qu'il se sortait de la misère, Gabriel avait compris qu'il y avait un gouffre entre la manière dont les nantis et les démunis voyaient la vie. Les riches, qu'ils le méritent ou non, qu'ils soient intelligents ou idiots, doués ou pas, considèrent le succès comme un dû.

— Pas du tout ! protesta Izzy, offusquée.

— Eh bien… Sachez que je suis prêt à au moins reconsidérer la question.

— Vous parlez sérieusement ?

— Je ne pensais pas me laisser convaincre de réfléchir encore à la situation de votre amie, mais il est évident qu'elle est très attachée à son *cottage*. Ce que je comprends mieux, maintenant que vous m'avez expliqué qu'elle vit ici depuis de nombreuses années…

Izzy hocha la tête, les yeux brillants.

— Plus on avance en âge, plus on tient à ses habitudes. Il devient alors délicat de déménager…

— Cela dépend des individus, des circonstances.

Gabriel avait écouté Evelyn Scott et prit bonne note de ce qu'elle avait à dire, mais il avait orienté la conversation de manière à explorer les différentes options susceptibles de se présenter à elle. Il l'avait encouragée à parler de ses amis vivant en ville et avait mis l'accent sur l'importance d'être bien entourée quand le grand âge arrivait. Lorsque de son côté, elle avait chanté les louanges de son jardin et évoqué le plaisir de cultiver ses propres légumes, il avait glissé habilement qu'il existait d'autres endroits, d'autres maisons avec jardin.

Au lieu de l'effrayer, il l'avait séduite et l'avait quittée en lui laissant de quoi réfléchir. Il avait semé des graines – ce qu'Evelyn Scott était en mesure d'apprécier.

Il n'avait pas l'intention de renoncer à son projet mais, pour une fois, il comptait user de délicatesse. Cette femme lui avait plu. Il la pousserait en douceur dans la direction qu'il souhaitait la voir prendre et il ne doutait pas qu'elle se laisserait guider.

Mais dans l'immédiat…

— J'ai une proposition à vous faire, Izzy.

— Laquelle ?

— Vous êtes déterminée à aider votre amie, à lui épargner la souffrance de devoir vendre son *cottage* pour une somme dérisoire.

Comme il s'y attendait, elle se raidit, carra les épaules et esquissa une petite moue dédaigneuse. Seigneur, quelle belle bouche… En dépit de son allure décontractée et de ses vêtements ordinaires, cette femme était une riche héritière, certes, mais ô combien ravissante et désirable…

Quand elle entrouvrit les lèvres pour riposter, Gabriel l'arrêta d'un geste.

— Je ne suis pas d'humeur à entamer un débat stérile sur la question de savoir si mon offre est généreuse ou pas. Revenons à ma proposition.

— Vous êtes d'une arrogance…

— Je sais, coupa-t-il. Vous seriez surprise d'apprendre combien peu de femmes s'en sont plaintes.

— Arrogant et vaniteux, en plus.

— Les deux vont souvent de pair.

Il retint un sourire.

— Je suis prêt à me pencher sur le dilemme qui se

pose à votre amie mais en retour, vous allez devoir me rendre un service.

— Un service ? répéta-t-elle, l'air méfiant.

— Je me retrouve sans nounou et je dois travailler, ce qui m'empêche de me consacrer entièrement à Rosa.

— Vous voulez que je m'occupe d'elle de temps en temps ?

— Non. Je voudrais que vous remplaciez Bella. Elle ne sortira pas de l'hôpital avant une semaine…

— Évidemment, vous ne pouvez pas vous offrir une petite semaine de congé !

Gabriel fronça les sourcils mais préféra ignorer la pique.

— Vous vous installeriez ici. Ce serait plus pratique, surtout si je dois voyager pour une raison ou une autre. J'aurai besoin de vous avoir à proximité.

— En d'autres termes, répliqua lentement Izzy, vous me faites du chantage. Vous acceptez de faire marche arrière concernant Evelyn à condition que je vous aide avec Rosa. Pourquoi ne pas embaucher une garde d'enfant professionnelle pour une semaine ou deux, tout simplement ?

Bianca sauterait sur l'occasion de l'accuser de négliger sa fille. Or Izzy n'était pas une nounou mais… une amie, qui lui donnait un coup de main de temps en temps.

— Ma fille s'est prise d'affection pour vous, dit-il sincèrement. Je doute fort qu'une intérimaire réussisse à s'insérer sans heurt dans la vie de Rosa pour une aussi courte période, alors que vous…

Izzy n'était pas qualifiée pour le job, mais Gabriel se fiait à son instinct et pressentait qu'elle s'occuperait bien de Rosa. Le fait que sa fille ait été conquise par une inconnue était éloquent. Izzy avait beau être née dans un milieu privilégié, elle ne collait pas tout à fait avec l'image qu'il se faisait d'une gosse de riches.

— Je… Je pourrais ne pas être libre… Avoir d'autres projets…

— Vous n'en avez pas. Sinon, vous n'auriez pas décidé de rester ici sur un coup de tête.

— Ce n'est pas à vous de me dire si j'ai des projets ou non !

— Ne vous énervez pas, Izzy. Il s'agit d'une proposition toute simple.

Il s'interrompit un instant et la regarda dans les yeux.

— Alors ? Vous acceptez de vous occuper de Rosa ?

4.

Le lendemain matin, Izzy arriva chez Gabriel avec sa valise Vuitton contenant les affaires emportées en quittant Hawaï. Maintenant qu'elle allait s'y installer, la haute demeure lui parut encore plus imposante.

Lorsque Gabriel lui avait fait sa proposition, elle avait d'abord cru à une blague, avant de comprendre rapidement qu'il ne plaisantait pas. Cet homme avait de la suite dans les idées, et Evelyn avait tort de penser qu'il la laisserait tranquille. Il ménageait la vieille dame, certes, pour mieux lui asséner le coup fatal. Bientôt, il lui expliquerait à quoi ressemblerait sa vie une fois que les ouvriers et leurs engins envahiraient les environs, ne lui laissant que le choix de quitter son cher *cottage* et son précieux jardin.

Izzy soupira. Peut-être faisait-elle erreur ? Peut-être Gabriel allait-il réellement reconsidérer son projet… Dans cette hypothèse, elle ne pouvait pas refuser sa proposition. Et puis, en vivant sous le même toit que lui, elle pourrait tenter de lui faire entendre raison, l'amener à renoncer à mettre la main sur la petite parcelle d'Evelyn.

Alors qu'elle appuyait sur la sonnette, Izzy sentit son ventre se nouer à la perspective de cohabiter avec lui. Parviendrait-elle à partager le même espace que cet homme dur et impitoyable, mais follement attirant et sexy ?

Elle refoula la panique qui la gagnait en voyant la porte s'ouvrir sur Marie. La jeune gouvernante de la maison avait un torchon passé sur l'épaule, les cheveux retenus en arrière par un foulard et les joues roses. Derrière elle, Rosa sautait d'un pied sur l'autre.

— Elle vous attend depuis une demi-heure, expliqua Marie. J'ai à peine pu faire le ménage parce qu'elle me suit partout en me racontant toutes les choses fantastiques que vous allez faire ensemble.

— Je vois, répliqua Izzy en souriant tour à tour à la jeune femme et à Rosa. Il va d'abord falloir que je me débarrasse de ma valise…

Prenant aussitôt la direction des opérations, la petite fille l'entraîna vers l'escalier, grimpa les marches en courant et lui décrivit avec force détails tout ce qu'elle devait savoir sur la maison.

Rosa ayant prévu une foule d'activités qui requéraient une quantité considérable d'énergie, la journée passa si vite qu'Izzy en oublia presque sa crainte de cohabiter avec Gabriel. Jusqu'à ce que, à 18 h 15, après que toutes deux eurent rendu visite à Evelyn, elles regagnent le manoir et le trouvent dans la cuisine.

Izzy s'immobilisa sur le seuil, le souffle court. En jean, T-shirt blanc et pieds nus, un verre de vin à la main, le maître des lieux était encore plus sexy.

Leurs regards se croisèrent un instant, puis il haussa les sourcils, la faisant aussitôt redescendre sur terre.

— Je vais me changer, dit-elle en baissant les yeux sur son T-shirt informe et son short kaki. Je vous laisse bavarder.

Sur ces paroles, elle s'enfuit et gagna la chambre qui lui avait été attribuée. Son cœur battait si fort, à présent, qu'Izzy crut qu'il allait exploser. Elle s'arrêta devant la fenêtre pour se ressaisir. La vue était paisible. Les pelouses parfaitement entretenues, une vaste piscine à débordement et les rangs de vignes s'étirant sous le ciel immense en direction des montagnes dont les sommets se découpaient à l'horizon conféraient un petit air de western à l'ensemble.

Se détournant, elle se dirigea vers la salle de bains. Pas question de réagir comme une idiote à chaque fois qu'elle apercevrait Gabriel. Elle ne lui montrerait pas l'effet dévastateur qu'il produisait sur elle. Elle avait accepté ce job – bien qu'il ne s'agisse pas d'un job à proprement parler car lorsqu'il avait proposé de la rémunérer, elle avait fermement refusé –, mais pas à n'importe quel prix.

Désormais, Izzy resterait de marbre face à la beauté virile de Gabriel. Pour la bonne raison qu'elle n'était pas attirée par les hommes comme lui. Non seulement il lui était antipathique mais le sens de l'humour lui faisait cruellement défaut. Seul l'argent l'intéressait, c'était évident. N'ayant jamais eu la possibilité de se rebeller contre son frère dominateur, Izzy savait très bien d'où venait son aversion pour les hommes d'affaires dévorés par l'ambition et se consacrant corps et âme à leur sacro-saint travail. Or aujourd'hui elle ne laisserait personne contrôler sa vie !

Par conséquent, il lui faudrait faire abstraction de l'attirance qu'elle éprouvait pour Gabriel, et réfléchir plutôt au meilleur moyen de l'amener à changer d'avis concernant le *cottage*.

Il ne changeait jamais d'avis, avait-il déclaré. Or même les plus bornés s'y résolvent un jour ou l'autre !

Max en était le meilleur exemple. Qui aurait pu imaginer que son frère, un maniaque du contrôle qui consacrait toute son énergie à son travail, finirait par admettre que sa petite sœur puisse avoir une conception différente de la sienne au sujet du projet hôtelier de Hawaï ? Contre toute attente, il avait compati à sa souffrance et au sentiment de confusion qui l'habitaient depuis son échec avec Jefferson. Surtout, il ne l'avait pas obligée à rentrer immédiatement à Hawaï pour reprendre son travail.

Confortée dans son espoir que tout n'était pas perdu, Izzy prit une douche, enfila un pantalon en jersey anthracite et un grand T-shirt bleu ciel puis redescendit à la cuisine.

Trouvant les lieux déserts, elle allait faire demi-tour lorsqu'elle entendit un bruit de pas derrière elle. Elle se retourna pour découvrir Gabriel.

— Rosa… est couchée ? balbutia-t-elle. Elle dort ?

— Oui, enfin. Elle était dans un état d'excitation incroyable.

Il traversa la cuisine, sortit une bouteille d'eau du réfrigérateur et but au goulot.

— Je… commença Izzy en s'interdisant de rougir. Je vais regagner ma chambre, si cela ne vous dérange pas…

— Lorsque nous séjournons ici, Marie prépare nos repas chaque jour. Joignez-vous à moi.

— Je peux très bien dîner dans ma chambre. Je ne sais pas comment vous passez vos soirées, mais je ne voudrais pas déranger vos habitudes.

L'attitude de Gabriel la rendait nerveuse et l'empêchait de réfléchir. Or elle ne devait pas oublier qu'elle était ici pour lui imposer son point de vue !

— Ceci dit, vos habitudes sont déjà perturbées par l'hospitalisation de Bella, ajouta-t-elle aussitôt. Je peux vous poser une question ?

Sans répondre, il souleva le couvercle de la poêle posée sur la plaque à induction pour voir ce qu'elle contenait, puis rouvrit le réfrigérateur et en sortit une salade colorée. Toujours en silence, il prit des assiettes dans un placard et les posa sur la table avant d'aller chercher la bouteille de vin et deux verres à pied.

— Je vous écoute, dit-il enfin.

— Pourquoi gardez-vous une nounou que votre fille déteste ?

— C'est ce que Rosa vous a dit ?

Izzy hocha la tête. Certes, cela ne la regardait pas. Bella guérirait, reviendrait, et elle-même partirait, après avoir réussi ou échoué à convaincre Gabriel. Cependant, plus elle côtoyait sa fille et plus elle l'appréciait, et elle ne pouvait s'empêcher de s'interroger sur cet étrange arrangement.

De la même façon qu'elle était intriguée par la relation que semblait entretenir Rosa avec sa mère. À en croire l'enfant, celle-ci consacrait en effet la majeure partie de son temps à sa vie sociale, au shopping, aux soins de beauté…

Les confidences de la petite fille l'avaient troublée. D'après ses conversations avec son frère James, Izzy savait que leur propre mère avait été absente de la vie de ses deux fils à l'époque où ils avaient le plus besoin d'elle. Ils avaient été envoyés en pension dès leur plus jeune âge, mais pour la petite dernière, cela avait été différent.

Beverley avait traité sa fille comme une poupée. Izzy était toujours bien habillée et pouvait jouer avec le maquillage de sa mère, ses chaussures, ses vêtements. Elle se rendait bien compte que ses parents s'absentaient beaucoup, comparé à ce que vivaient ses camarades, mais lorsqu'ils étaient à la maison, sa mère se consacrait entièrement à elle.

« J'adore avoir une petite fille » avait-elle dit un jour en soupirant. Izzy venait d'avoir huit ans et cette remarque de sa mère l'avait remplie de joie. Puis soudain, du jour au lendemain, ses parents avaient disparu et elle s'était retrouvée avec un grand vide en elle. Ses frères l'avaient prise sous leur aile, bien sûr. Ils avaient fait de leur mieux pour atténuer le choc et sa souffrance. Mais le vide était resté. Il l'avait accompagnée durant son enfance et son adolescence et ne l'avait plus quittée, pas même quand elle était devenue adulte.

Aussi, les confidences de Rosa l'attristaient-elles beaucoup. Si la petite disait vrai, alors sa mère ne lui témoignait guère d'affection. Voire aucune. L'enfant pouvait avoir exagéré certains détails, mais quelques-unes des histoires qu'elle lui avait racontées avaient paru trop singulières à Izzy pour être inventées de toutes pièces. Était-il possible que Rosa ait menti en laissant échapper qu'on la retirait fréquemment de l'école et que Bella se chargeait de son éducation scolaire à cause du goût immodéré de sa mère pour les voyages ?

Avoir une nounou revêche pour principale compagne, toute compétente qu'elle soit en matière d'enseignement, paraissait si sinistre…

Déstabilisée par le silence de Gabriel, Izzy ajouta à la hâte :

— Cela ne me regarde pas, très bien. Je ne sais pas ce que Marie a préparé, mais ça sent délicieusement bon, enchaîna-t-elle d'un ton dégagé. C'est votre façon de fonctionner lorsque vous venez ici ? Elle cuisine pour vous et vous dînez seul ?

— C'est ma façon de fonctionner où que je sois, répondit-il, pince-sans-rire. Sauf lorsque je dîne à l'extérieur, ce qui m'arrive assez souvent.

Gabriel s'interrogeait. Jusqu'où Rosa était-elle allée dans ses confidences ? Qu'avait-elle raconté d'autre ? Il avait contraint Izzy à s'occuper de sa fille, mais il ne doutait pas que la jeune femme cherche de son côté à le convaincre de changer d'avis à propos du *cottage* de son amie.

Il en avait rencontré des centaines, des jeunes héritières comme elle. La richesse forme un vernis à toute épreuve, les persuade que ce qu'elles convoitent leur appartient. Izzy semblait innocente et pure, mais elle avait la peau dure. Sans doute croyait-elle pouvoir le faire changer, parce qu'elle avait l'habitude d'obtenir ce qu'elle désirait. Cependant Gabriel savait à quoi s'en tenir : l'expérience vécue avec Bianca avait été fort instructive en la matière. Depuis son mariage, il avait appris à se méfier des apparences et à ne pas accorder sa confiance à la légère.

Son regard effleura la bouche pleine aux lèvres roses et nues, les immenses yeux bleus. Bien que follement sexy, Izzy ne ressemblait en rien à celles qui avaient fréquenté son lit.

Le tour que prirent ses pensées l'irrita. En fait, sa libido se manifestait avec une telle vivacité qu'il se détourna pour se concentrer sur le plat cuisiné par Marie. Quelque chose à base de poulet.

Quand il revint vers la table, il s'était ressaisi et invita Izzy à s'asseoir. Puis il déposa la salade, les couverts, la poêle, sans se soucier d'en servir le contenu dans un récipient plus adapté.

Cela faisait un moment qu'il soupçonnait Bianca de prendre ses devoirs maternels à la légère, mais sans jamais envisager d'interroger Rosa. Son ex-femme était très douée pour imposer des règles auxquelles elle était la première à déroger. Elle était en outre experte dans l'art d'utiliser les horaires de travail de Gabriel contre lui, de la même manière qu'elle savait que ses relations éphémères avec les femmes ne plaidaient pas en sa faveur lorsqu'il s'agissait pour lui de faire valoir ses droits paternels. Elle connaissait ses points faibles et se faisait un malin plaisir de les exploiter. Et elle pouvait toujours compter sur Bella pour l'informer.

Les yeux mi-clos, il regarda Izzy se servir généreusement. Elle mangeait beaucoup pour une femme aussi mince.

Comme si elle avait deviné ses pensées, elle murmura :

— Je suis plus affamée que je ne le pensais.

— Dîner avec une femme qui a de l'appétit, c'est une première pour moi. Racontez-moi votre journée avec Rosa.

Gabriel l'écouta lui décrire en détail la journée passée avec sa fille. Il n'avait qu'une vague idée de ce que Rosa vivait avec sa mère mais, en revanche, il savait à quoi ressemblaient ses journées avec Bella, aussi fut-il heureux d'entendre le compte rendu d'activités qui avaient dû enchanter sa fille.

Il serra les mâchoires. Il avait été très patient avec Bianca. Mais s'il découvrait qu'elle faisait de graves entorses à ses devoirs maternels, il n'hésiterait pas à lui tomber dessus.

Or les informations qu'il n'aurait jamais cherché à connaître par le biais de sa fille se trouvaient maintenant à sa portée, car de toute évidence, une relation de confiance s'établissait entre Rosa et Izzy.

— Vous m'avez interrogé sur Bella, commença-t-il en reposant sa fourchette à la fin du repas.

Il s'appuya au dossier de sa chaise pour mieux scruter Izzy. De nouveau, il fut frappé par l'aura de fraîcheur qui émanait d'elle. Pour un peu, il aurait continué à la prendre pour celle à qui il avait d'abord cru avoir affaire. Une jeune femme décontractée et libre, indépendante et fière de l'être. Alors qu'en réalité…

Gabriel baissa les yeux sur son assiette vide et repensa à la valise Louis Vuitton. Il avait aperçu Izzy par la fenêtre au moment où elle descendait du taxi.

— Vous n'êtes pas obligé de me répondre, répliqua-t-elle avec un haussement d'épaules.

— Bella est une parente de mon ex-épouse.

Le fait de confier ce détail à une quasi-étrangère fit naître en lui une sensation bizarre. Il ne parlait jamais de sa vie privée à quiconque.

— C'est pour cette raison que vous avez dû l'embaucher, j'imagine. Parce que votre… ex… vous l'a demandé.

— Si j'avais pu l'éviter, jamais je n'aurais embauché Bella, répondit Gabriel avec un soupir. Malheureusement, mon ex-épouse peut se montrer vindicative et adore les jeux de pouvoir.

Il tourna brièvement les yeux vers la fenêtre.

— Et elle ne répugne pas à considérer Rosa comme un pion.

— Je suis désolée, murmura Izzy, atterrée.

Non seulement elle savait ce que c'était que d'être privée de mère, mais elle ressentait le besoin de protéger la petite fille à laquelle elle s'était déjà attachée.

— Ne le soyez pas. Comme vous l'avez dit vous-même, cela ne vous regarde pas.

Il se leva et débarrassa la table avant de poursuivre :

— Appliquées à une enfant de six ans, les méthodes de Bella sont draconiennes, d'où l'attitude rebelle de Rosa. Bella croit sans doute bien faire mais, en matière d'éducation, il ne suffit pas d'édicter des règles.

— Vous ne pouvez pas en parler avec votre femme – votre ex-femme ? Vous dites qu'elle est vindicative, mais ce qui compte avant tout, c'est le bonheur de Rosa, non ?

— Oui, dans un monde idéal, répliqua Gabriel. Hélas, il l'est rarement. Je suis très content que vous vous entendiez bien avec ma fille.

— Je dois vous préciser que je ne la fais pas travailler…

— Pas comme Bella, vous voulez dire ?

— D'après ce que j'ai cru comprendre, poursuivit Izzy, Rosa est soumise à un programme très intensif. Aucune matière n'est laissée de côté, même pendant les vacances.

Elle sourit. Le verre de vin l'avait aidée à se détendre.

— Je pense que je pourrais lui donner des devoirs à faire, seulement cela ne me dit vraiment rien. J'ai suivi des études de commerce, mais…

— Mais… ?

— Mais ce n'était pas le bon choix, murmura Izzy.

— Pourquoi ?

Elle fit passer ses cheveux sur une épaule et prit une mèche qu'elle enroula autour de son doigt.

— Je suis heureuse d'avoir accepté de m'occuper de Rosa, dit-elle, changeant délibérément de sujet. Et vous, envisagez-vous vraiment de revenir sur votre position ? D'au moins essayer de prendre du recul et de reconsidérer la situation d'Evelyn ?

— Mais, oui, bien sûr, répondit complaisamment Gabriel en lui mentant.

Elle avait esquivé sa question. Curieux. Les femmes de son espèce adoraient parler d'elles-mêmes et comblaient le moindre silence par des anecdotes insignifiantes.

Ce qui ne lui posait aucun problème. Bianca l'avait dégoûté à jamais du mariage. Cette expérience lui avait par ailleurs révélé un aspect essentiel de sa personnalité : il ferait toujours passer le travail avant tout le reste, à l'exception de sa fille. Mais il se reprochait néanmoins de ne pas faire assez pour elle.

Quant aux femmes, elles resteraient toujours à l'arrière-plan. Désormais il préférait se concentrer sur ses affaires – et sa fille, naturellement –, et il ne le regrettait pas. Il n'avait rien perdu au change. Au contraire.

Par conséquent, Gabriel savait exactement quelle place les femmes occupaient dans sa vie et celles qu'ils fréquentaient lui convenaient parfaitement. Les liaisons à long terme n'étaient pas pour lui, mais il profitait à fond du temps partagé avec ses maîtresses et, à en croire leurs louanges, elles le considéraient comme un amant hors pair.

Que pensait vraiment la beauté blonde aux grands yeux de biche qui avait dévoré son dîner avec appétit ? À vrai dire, Izzy Stowe l'intriguait de plus en plus et, contre toute attente, elle ne cessait de le surprendre. À la différence des autres femmes de son milieu.

Et s'il parvenait à gagner sa confiance... Si elle lui rapportait quelques confidences de Rosa relatives à sa vie avec sa mère... Pourquoi ne profiterait-il pas de l'opportunité de s'en servir contre son ex ?

Cela renverserait un peu les rôles...

— J'ai appelé l'hôpital, dit-il d'une voix douce. Ils prévoient de garder Bella deux semaines. Apparemment, elle avait d'autres problèmes de santé qui risquent de freiner son rétablissement.

— Deux semaines ?

— Je ne peux pas vous forcer à rester, naturellement... mais vous devez bien vous rendre compte qu'il m'est impossible de reconsidérer un projet aussi important en l'espace de quelques jours. Des sommes considérables sont en jeu, sans parler des heures de travail qu'a nécessité l'élaboration du projet.

Izzy baissa les yeux un instant puis plongea son regard dans le sien.

— D'accord. Deux semaines. Et si, à ce moment-là, vous en êtes encore au stade de la réflexion, j'en conclurai que vous ne changerez pas d'avis.

Trois jours plus tard, Evelyn appela Izzy pour lui dire qu'elle était inquiète parce qu'elle avait vu un homme « rôder autour de chez elle », et qu'il avait l'air de « faire des repérages ».

— Je croyais que maintenant tout irait bien, continua-t-elle d'une voix anxieuse.

Izzy fit de son mieux pour la rassurer mais remarqua que, tout en commençant à avoir des doutes, son amie persistait à voir en Gabriel « un homme si charmant qu'il ne pouvait pas lui vouloir de mal ».

Le soir même, après avoir confié Rosa à son père puis être montée prendre une douche, elle se rendit à la cuisine pour retrouver Gabriel.

À son grand étonnement, ce rendez-vous vespéral était devenu une sorte de rituel. Au lieu des rencontres embarrassantes tant redoutées, Izzy lui racontait ses journées avec Rosa. Il posait une foule de questions et, après un verre de vin – auquel Izzy s'était également habituée –, leurs conversations lui faisaient oublier que Gabriel restait son adversaire. Sans doute perdait-elle de vue le redoutable homme d'affaires qu'il était, lorsqu'il se révélait être un papa attentionné. Il était clair qu'il aimait Rosa, à laquelle Izzy s'était beaucoup attachée. Non seulement la petite était adorable mais, d'une intelligence précoce, elle avait un caractère déjà bien trempé.

Cependant, Izzy ne se laisserait pas attendrir cette fois. Il était temps pour elle de passer à l'attaque – ce qu'elle fit dès que Gabriel entra dans la pièce.

— Evelyn m'a dit qu'elle avait vu un homme faire des repérages autour de chez elle.

Sans se presser, il se dirigea vers le four et l'ouvrit pour regarder ce qu'il y avait dedans.

— Eh bien ? insista-t-elle, crispée.

Il s'assit en face d'Izzy.

— Divers experts ont été embauchés pour inspecter les vignobles que j'envisageais d'acheter depuis déjà un moment. Désolé de vous décevoir, mais je n'ai pas l'intention de tout arrêter, au prétexte que je pourrais ne pas concrétiser mon projet.

— Je transmettrai le message à Evelyn, répliqua sèchement Izzy. Je suis sûre qu'elle sera ravie de constater qu'elle a eu tort de vous faire confiance. J'ai perdu l'appétit. Je vais me retirer dans ma chambre.

— Tout message concernant mes projets sera transmis par moi et moi seul, déclara Gabriel d'un ton péremptoire.

Elle le foudroya du regard.

— Pourquoi ? Où est la différence ?

— Vous êtes habituée à obtenir ce que vous désirez, n'est-ce pas ?

Subitement, Izzy eut l'impression de perdre pied. Elle ne s'était pas attendue à une telle question. Ni au ton ironique de Gabriel.

— Qu'est-ce qui vous fait dire cela ?

— Vous êtes une jeune femme riche et habituée à obtenir tout ce qu'elle désire, et je parie que vous vous êtes imaginé, au plus profond de vous-même, que vous arriveriez à vos fins. Autrement dit, vous ne doutiez pas que je ferais marche arrière et renoncerais totalement à mon projet, quelles qu'en soient les répercussions financières pour moi.

— Ce n'est pas vrai !

Sentant les larmes lui monter aux yeux, Izzy battit précipitamment des paupières.

— Comment osez-vous prétendre que vous savez qui je suis ?

— Je suis assez doué pour juger les gens, répliqua-t-il sans s'émouvoir. Mais je ne suis pas infaillible, bien sûr…

Il haussa les épaules avec une telle désinvolture qu'Izzy comprit qu'il était persuadé d'avoir vu juste.

— En effet, parce que, en ce qui me concerne, vous vous trompez complètement ! fit-elle en se levant d'un mouvement brusque. Je ne corresponds en rien à l'image que vous vous faites de moi !

Furieuse, elle se dirigea vers la porte puis s'arrêta, le cœur battant à un rythme saccadé. Gabriel ne la retenait pas et, pourtant, ses pieds refusaient d'avancer. Comme si cette conversation n'était pas terminée.

— Vraiment ?

Lentement, elle se retourna et pressa le dos contre le mur, comme pour mettre le plus de distance possible entre elle et Gabriel.

Avec une clarté foudroyante, Izzy comprit que ces quelques soirées avaient eu raison de l'hostilité qu'elle éprouvait au départ envers lui, et qu'en outre elle aimait ces moments de partage.

Elle s'était répété que Gabriel n'était pas son type, mais sans pour autant pouvoir s'empêcher de le dévorer des yeux et de s'autoriser toutes sortes de fantasmes débridés. Il l'excitait et elle savourait cette excitation.

Comment pouvait-elle réagir ainsi alors qu'elle devait l'affronter ? Où était passé son bon sens ? Sa brève et malencontreuse aventure avec Jefferson lui parut soudain lointaine et dérisoire. Comment avait-elle pu en être affectée au point de s'enfuir ? Et qu'avait-elle fait des conclusions qu'elle croyait avoir tirées de cette histoire ?

En raison de son manque d'expérience, elle s'était laissé aveugler par la personnalité imposante de Gabriel Ricci. La sensualité virile qui exsudait de lui avait balayé toute prudence et fait tomber toutes ses défenses.

Son cœur lui martelait les côtes, ses mamelons durcis pointaient sous son T-shirt. Comme par un fait exprès, elle ne portait pas de soutien-gorge…

— Vous… Vous ne savez rien de moi, reprit Izzy d'une voix tremblante. Vous croyez me connaître parce que je viens d'un milieu privilégié. Vous…

Elle s'interrompit, incapable de soutenir le regard sombre où couvait une lueur fauve.

— Expliquez-moi en quoi je me suis trompé, murmura Gabriel. Vous êtes follement sexy, riche, jeune… La tentation incarnée… Et vous croyez que rien ni personne ne peut vous résister.

« Follement sexy ? » « La tentation incarnée ? » Il ne lui avait pas vraiment donné l'impression de la trouver attirante, pourtant. Ni la première fois qu'elle était entrée dans cette maison, ni par la suite.

À la pensée qu'il pense ce genre de choses en la regardant, Izzy fut envahie par une excitation si vive qu'elle se mordit la lèvre pour étouffer le gémissement qui montait de sa gorge.

— Vous me trouvez sexy ? chuchota-t-elle.

Un éclat brûlant incendiant son regard répondit à sa question. Izzy avait la bouche si sèche qu'elle se passa le bout de la langue sur les lèvres pour les humecter.

Comme dans un rêve, elle le vit se rapprocher, pencher la tête…

Quand il l'embrassa, le temps suspendit son cours.

Ivre du goût de sa bouche, de sa langue, elle leva les bras et noua les doigts sur la nuque de Gabriel. C'était une aberration, elle le savait, mais…

Izzy ferma les yeux et s'abandonna à son fabuleux baiser.

5.

Gabriel redressa brusquement la tête et dévisagea Izzy, le souffle court.

Qu'est-ce qu'il lui avait pris ?

Il se passa la main dans les cheveux, furieux contre lui-même. Il n'avait pas eu l'intention de la toucher, mais il avait contemplé les lèvres pleines et sensuelles, la rivière de boucles blondes et les grands yeux de biche, et son cerveau avait cessé de fonctionner.

Cela ne lui était encore jamais arrivé. Au cours de l'ascension vertigineuse qui l'avait conduit au sommet, il s'était fait un devoir de garder le contrôle. Dans sa vie, il n'y avait de place que pour l'ambition, et Gabriel l'avait accepté sans problème. Les femmes représentaient un divertissement plaisant mais occupaient une place de second ordre.

C'était son ambition sans bornes qui l'avait amené à faire la connaissance de Bianca. Ils s'étaient rencontrés lors d'une fête gigantesque organisée sur une île privée des Caraïbes. Elle s'y trouvait en tant qu'amie du propriétaire de l'île. Ce dernier avait voulu épater Gabriel, dans le but de le convaincre de racheter l'une de ses entreprises de transport aérien qui battait de l'aile. Gabriel avait passé deux jours sur cette île, juste le temps d'obtenir les informations dont il avait besoin, sans frayer avec les invités qu'il avait détestés d'emblée. Des hommes et des femmes riches, oisifs, et imbus d'eux-mêmes.

Entourée par des jeunes femmes à peine vêtues, Bianca sortait du lot grâce à sa magnifique chevelure noire, sa beauté voluptueuse. Et puis elle parlait italien, ce qui avait permis à Gabriel d'échanger avec elle. Très vite, il avait constaté qu'il connaissait son patronyme, celui d'une famille de riches aristocrates italiens. Il s'était réjoui en son for intérieur de voir cette héritière fortunée suspendue à ses lèvres et ravie d'avoir pu captiver l'intérêt d'un homme convoité par toutes les célibataires présentes.

Le fait de posséder une richesse colossale, un physique avantageux et un pouvoir illimité étaient source de miracles !

Il avait flirté avec elle puis s'était laissé entraîner dans une relation plus durable. Bianca l'avait suivi à Manhattan et, quand elle lui avait annoncé sa grossesse quelques semaines plus tard, il n'avait envisagé qu'une option : le mariage.

Cela n'avait pas enchanté Gabriel. Il ne se voyait pas marié avant longtemps, encore moins père de famille, mais devant le fait accompli, il s'était dit que la stabilité du couple formé par ses parents n'était pas un mauvais exemple. Alors, chassant tous ses doutes, il avait décidé de tirer le meilleur parti de la situation.

Ses parents, en revanche, n'avaient pas manqué d'exprimer leurs réserves vis-à-vis de Bianca. La noce avait bien failli tourner à la catastrophe, les parents et amis de la mariée, tous riches et vaniteux, évitant de se mêler aux invités de Gabriel. Cet incident aurait dû lui ouvrir les yeux, pourtant Gabriel avait choisi de passer outre. Il n'avait pas honte de son passé et refusait de se laisser intimider par une bande de snobs.

Il était donc retourné à son travail, à ses horaires démentiels, sourd aux demandes de plus en plus pressantes de Bianca qui, disait-elle, souffrait de son absence.

Quelques semaines après la naissance de Rosa, il devenait impossible d'ignorer que leur mariage battait de l'aile. Et il avait suffi de quelques sorties mondaines pour qu'une femme ravissante en quête d'admirateurs en trouve un qui lui offre les attentions et la vénération dont elle avait besoin.

Cette expérience avait été très instructive pour Gabriel. Jamais plus il ne commettrait l'erreur de s'engager dans une relation à long terme, sauf si les règles du jeu – tel que lui les concevait – étaient claires dès le départ. Désormais, il garderait le contrôle de ses émotions en toutes circonstances, y compris dans ses relations avec les femmes.

Il avait sa fille, et elle seule comptait.

Par conséquent, à quoi avait-il pensé en baissant ainsi la garde ? Comment avait-il pu se laisser aller à embrasser une femme qu'il connaissait à peine ? Au seul motif qu'il n'avait pas pu s'en empêcher ?

— Cela n'aurait pas dû arriver, dit-il, la voix rauque. Je vous présente mes excuses.

À son grand dépit, Gabriel ne put empêcher sa libido de rugir en lui, surtout lorsque Izzy se passa le dos de la main sur les lèvres.

Apparemment, elle était aussi furieuse que lui de s'être laissée aller. L'espace d'un instant, sa réaction le déstabilisa. À sa place, toute autre femme aurait cherché à renouveler l'expérience.

Pas Izzy.

— Non, cela n'aurait jamais dû arriver ! rétorqua-t-elle avec une franche hostilité.

— Pourquoi ne pas m'avoir repoussé ?

— Vous ne m'en avez pas laissé la possibilité, se

défendit-elle, les joues cramoisies. Vous m'avez presque sauté dessus !

Impossible de dire le contraire. Il avait vraiment déraillé !

— Cela ne se reproduira pas. Écoutez…

Il secoua la tête, mais sans pour autant parvenir à endiguer le désir qui pulsait en lui.

— Je pars pour Chicago demain et y resterai quarante-huit heures. Oublions ce qui vient de se passer et repartons à zéro.

Izzy le foudroya du regard. Tout son corps frémissait, réclamant cet homme odieux. Dès qu'il l'avait embrassée, elle s'était embrasée de la tête aux pieds. Elle avait menti : si elle l'avait voulu, elle aurait pu le repousser. Elle aurait dû le faire, car tout lui déplaisait chez Gabriel Ricci. Pourtant elle avait succombé à son charme !

Dès que Bella sortirait de l'hôpital et reprendrait ses fonctions, elle-même serait libérée des siennes, dieu merci.

— Je ne pense pas que cet arrangement soit tenable, dit Izzy en reculant d'un pas.

Hélas, la distance n'atténua en rien le brasier qui couvait en elle.

— Et pourquoi cela ?

— Parce que je… La situation serait inconfortable… après ce qui vient de se passer…

Comment pourrait-elle regarder Gabriel sans songer à ce baiser ? Lutter contre le désir traître de renouveler l'expérience ?

— Je ne peux pas vous empêcher de partir, mais soyez honnête avec vous-même, Izzy. Ce que vous craignez le plus, n'est-ce pas le désir qu'il y a entre nous ?

Il la dévisagea en silence durant quelques instants, puis passa à côté d'elle pour se diriger vers le grand escalier.

Izzy resta pétrifiée sur place, avant de se précipiter derrière lui. La conversation ne pouvait pas se terminer ainsi. Ce baiser dévastateur n'aurait pas dû aboutir à un malentendu et encore moins à un échange agressif.

Tendant le bras, elle retint Gabriel par sa manche de chemise. Il se retourna lentement vers elle, le visage impénétrable.

— Ce n'était qu'un baiser, vous avez raison, dit-elle à la hâte. Pourquoi devrions-nous nous sentir mal à l'aise ?

Se sentant rougir de nouveau, elle baissa les yeux. Immobile sur la deuxième marche, il la dominait davantage encore.

— C'est arrivé et…

— Et… ? murmura-t-il en haussant les sourcils.

— Et je ne désire pas que cela se reproduise. Je… je crois que j'ai… réagi de façon excessive parce que…

Son souffle se bloqua dans sa gorge, l'empêchant de poursuivre.

— Inutile d'en dire davantage. Vous pouvez garder les détails pour vous.

En totale contradiction avec ses paroles, une lueur d'intérêt s'alluma dans les yeux de Gabriel.

— Je… Quand je suis venue ici, je me remettais d'un… Je suis sortie avec un homme, Jefferson, qui n'était pas celui que je croyais.

Elle sourit timidement à Gabriel.

— Désolée. Ces détails ne vous intéressent pas et je ne sais vraiment pas pourquoi je vous parle de cette histoire, en plus. Ce que je voulais vous dire, c'est que je ne vous laisserai pas en plan, vous et Rosa, et que ce qui vient de se passer n'affectera en rien mon comportement. Vous m'avez surprise, c'est vrai, mais je me suis surprise encore davantage, parce que je me croyais trop blessée pour réagir comme je l'ai fait quand vous… m'avez embrassée…

Au moment où elle se détournait, il répliqua d'un ton neutre :

— Je ne sais pas ce que vous en pensez mais, pour ma part, je prendrais bien une tasse de café.

Pas question. Maintenant qu'elle avait dit ce qu'elle avait à dire, qu'elle avait mis les choses au clair, elle pouvait aller se coucher tranquillement. C'était la meilleure conduite à adopter. La plus sage et la plus raisonnable.

— Bonne idée.

Cette fois, il l'emmena dans un salon aux murs lambrissés de chêne et donnant sur la piscine éclairée de l'intérieur, puis disparut avant de revenir avec deux tasses de café.

Il en tendit une à Izzy et tira un fauteuil de manière à s'installer en face d'elle.

— Que s'est-il passé avec ce Jefferson ?

— Rien de bien intéressant, murmura-t-elle. J'ai quitté Londres pour venir diriger un projet hôtelier à Hawaï, et pendant que je travaillais là-bas, je suis bêtement tombée amoureuse.

— Pourquoi « bêtement » ?

— Ne vous croyez pas obligé d'écouter poliment mes histoires, je vous en prie.

En réalité, Izzy avait envie de continuer, sans comprendre pourquoi elle tenait à parler de cette histoire à Gabriel. Elle avait été si naïve, si inexpérimentée à l'époque. S'était-elle lancée dans cette relation les yeux fermés ? Avait-elle espéré davantage que ce que Jefferson pouvait lui offrir ? Oui, c'était évident.

— Je ne fais jamais rien par politesse, dit-il d'un ton dégagé. Racontez-moi ce qui s'est passé. Cela m'intéresse.

Était-il sincère ? Peu importait, au fond. Izzy appréciait sa compagnie. La proximité de Gabriel la stimulait et… l'excitait. Ses lèvres gardaient le souvenir de leur fabuleux baiser, tout son corps frémissait encore de désir.

— Quand je suis arrivée à Hawaï, je ne connaissais personne. Je sortais à peine de l'université et c'était mon premier job.

Inutile de lui dire que ce travail lui avait été offert. Elle savait déjà ce que Gabriel pensait de son milieu privilégié. Pas la peine de lui rappeler ses origines.

— J'ai fait la connaissance d'une jeune femme adorable, Mia, qui m'a prise sous son aile et m'a présentée à toutes sortes de gens. Elle pratique assidûment le surf et c'est comme cela que j'ai rencontré Jefferson.

— Laissez-moi deviner… Surfeur lui aussi ? Le genre de type qui passe sa vie sur les plages en évitant de prendre racine ? Petits boulots par-ci par-là… Je le vois d'ici : grand, blond – cheveux longs, je parie –, et décontracté.

— Plus ou moins, reconnut Izzy.

— Il a dû vous voir venir de loin.

— Que voulez-vous dire par là ?

— Ce genre de type ne se rencontre pas qu'à Hawaï. Prenez n'importe quelle plage située à proximité de quartiers huppés et vous trouverez un Jefferson attendant de rencontrer quelqu'un – homme ou femme selon le cas – qui soit disposé à financer ses choix de vie paresseux. Ces gars-là se contentent de travailler épisodiquement pour payer leurs factures, mais consacrent la majeure partie de leur temps à chercher des potentiels bienfaiteurs ou bienfaitrices.

— Il était drôle, dit-elle sans conviction.

De toute évidence, Gabriel avait compris la situation.

— Je n'en doute pas.

— Grâce à lui, je me suis sentie libre.

— Il vous a expliqué qu'auparavant, vous viviez dans une cage, bien sûr.

— Vous me prenez pour une gosse de riche gâtée, je sais. Vous croyez que j'ai l'habitude d'obtenir tout ce que je désire, mais ma vie n'a pas été aussi facile que vous le pensez.

Il soutint son regard en silence. Comment pouvait-il l'agacer, l'encourager à se confier à lui et l'exciter en même temps ?

— Je n'ai pas à me justifier devant vous, reprit Izzy en redressant le menton.

— Non, en effet.

Léger silence.

— Vous a-t-il demandé de l'argent ? Vous n'avez pas à vous justifier devant moi, c'est vrai, mais à en juger par votre expression, j'ai vu juste.

Il souleva sa tasse avant d'ajouter :

— Si vous voulez mon avis, vous vous en êtes tirée à bon compte.

À vrai dire, Gabriel ne savait pas trop pourquoi il insistait, mais peu importait. Le passé d'Izzy ressemblait sans aucun doute à ceux de mille autres jeunes femmes de son milieu. Quant à son histoire avec Jefferson, il imaginait très bien la chose. Elle avait couché avec un type qui avait fini par la plumer et, incapable d'assumer les conséquences de sa légèreté, elle avait fui, confiant son projet hôtelier à un subalterne. Ce genre d'expérience aurait dû l'endurcir, mais Izzy paraissait particulièrement fragile et vulnérable tandis qu'elle le dévisageait en silence, les pommettes roses, son regard clair assombri par un voile de tristesse.

Était-ce ce côté innocent qui plaisait tant à sa fille ? Quoi qu'il en soit, il ne devait pas se leurrer. Izzy pouvait se montrer aussi farouche et bien plus hardie que la plupart des femmes qu'il avait connues depuis son divorce.

Un lien puissant s'était créé entre Rosa et elle, un lien dont Gabriel pourrait tirer parti pour obtenir des informations précieuses. Parce que, à présent, il commençait à se faire une idée plus précise de ce à quoi ressemblait la vie de sa fille avec Bianca.

Il n'avait jamais voulu se quereller avec son ex, ni recourir à des procédés retors. Il n'avait rien fait qui puisse entraîner des répercussions désastreuses sur Rosa. Mais maintenant qu'il se voyait contraint de se battre pour la garder, la donne avait changé.

S'il pouvait glaner des informations sans amener Rosa à prendre parti pour l'un ou l'autre de ses parents, pourquoi se priver de la chance qui se présentait à lui ? Et si ces informations pouvaient lui parvenir par l'intermédiaire d'Izzy, pourquoi ne pas encourager discrètement celle-ci à lui rapporter les confidences de sa fille ?

Habitué à trouver une solution à tous les problèmes, Gabriel ne voyait aucun mal à recourir à ce genre de tactique. Il verrait bien comment évoluerait sa relation avec Izzy. L'attirance était réciproque, le baiser l'avait prouvé. Alors pourquoi ne pas utiliser cette alchimie entre eux pour arriver à ses fins ? Il ne forçait Izzy à rien. Ils étaient des adultes. Une chose conduisant à une autre, les confidences faites sur l'oreiller pourraient s'avérer des plus profitables.

Le simple fait d'imaginer Izzy dans son lit suffit à provoquer une érection si puissante qu'il retint une plainte.

— Je suis consciente d'avoir échappé au pire en me séparant de Jefferson, acquiesça-t-elle d'une voix ténue. Bien que sur le moment, j'aie souffert, je l'avoue.

— Ce n'est jamais agréable d'avoir le cœur brisé.

— Vous parlez d'expérience, j'imagine, répliqua-t-elle doucement. Vous avez divorcé et ce que vous avez traversé a dû être bien plus éprouvant que ce que j'ai vécu.

Gabriel se ferma d'instinct. Les explications et les confidences n'étaient pas son fort, et aucune femme n'avait jamais osé franchir la barrière, invisible mais bien réelle, qu'il dressait entre lui et toutes celles qu'il fréquentait.

Néanmoins, s'il voulait arriver à ses fins avec Izzy, il allait devoir fournir un petit effort et baisser la garde une fois dans sa vie.

— Divorcer n'est jamais une partie de plaisir.

— Non, j'imagine, murmura-t-elle. Je suis désolée que cela se soit mal terminé pour vous, mais l'amour et la haine ne sont jamais que les deux faces d'une même médaille.

Gabriel répondit par une sorte de grognement. Impossible de faire mieux.

— Vous ne souhaitez pas en parler.

— Il n'y a rien à en dire, répliqua-t-il d'un ton neutre. Je préfère ne pas m'appesantir sur le passé. C'est toujours plus bénéfique de vivre au présent et de se concentrer sur l'avenir.

— C'est exactement pour cela que je suis venue ici, reconnut-elle avec un petit sourire triste.

— Jusqu'à ce que vous vous retrouviez embringuée dans les problèmes de votre amie…

Elle baissa les yeux mais Gabriel eut le temps de voir la délicate roseur envahir ses pommettes. Elle était partagée entre le désir de parler de l'affaire du *cottage* et la crainte de rompre le lien fragile qui était né entre eux.

Quand elle redressa la tête, il sourit. Elle ne voulait pas voir disparaître le courant qui passait entre eux… et lui ne le souhaitait pas non plus. Le baiser avait ouvert un champ de possibles qu'il n'avait pas l'intention de refermer.

Cependant, il ne ferait pas d'avances à Izzy. Il la laisserait venir à lui. Se servait-il d'elle ? Peut-être, mais pas plus qu'elle ne se servirait de lui s'ils cédaient au désir qui les consumait tous les deux.

Son gigolo rencontré sur la plage l'avait blessée.

Inconsciemment, elle souhaitait retrouver son intégrité. Gabriel l'avait deviné d'après le peu qu'elle lui avait confié.

S'il s'employait à l'y aider, ne lui rendrait-il pas service ? Ils en tireraient autant profit l'un que l'autre, non ?

— Il se fait tard, fit Gabriel en se levant pour s'approcher d'Izzy. Quant à ce baiser… Cela ne me ressemble vraiment pas…

Après un bref instant d'hésitation, il opta pour la franchise.

— Je n'ai pas pour habitude de me laisser guider par l'attirance que j'éprouve pour une femme. Mais avec vous j'ai perdu la bataille : la tentation était trop forte.

Sur ces paroles, il gagna la porte. La main sur la poignée, il se retourna vers Izzy.

— Je vais me retirer dans mon bureau. J'aurai le temps d'embrasser Rosa demain matin avant de partir et je vous verrai à mon retour, après-demain.

Il hésita de nouveau brièvement avant d'ajouter :

— Je vous laisserai mon numéro de téléphone personnel. Vous pourrez me joindre à toute heure du jour et de la nuit.

— Il n'y aura pas de problème, le rassura Izzy en souriant.

— Non, je sais. Et je suis déjà impatient de vous retrouver.

Il appela le lendemain soir, bien sûr. Pour parler avec sa fille avant que celle-ci n'aille se coucher. Ensuite, il demanda à Izzy si tout allait bien et elle dut s'éclaircir la voix avant de répondre d'un ton enjoué :

— Oui, nous avons eu une journée bien remplie… Nous sommes allées boire le thé chez Evelyn… Rosa a mangé tout son dîner… Oh ! l'hôpital a téléphoné pour vous prévenir qu'ils gardaient Bella un peu plus longtemps que prévu.… Oui, à demain… Vous rentrerez tard ? Peu importe, enchaîna-t-elle à la hâte. Bon voyage…

Quand elle raccrocha, Izzy se demanda si ce baiser incroyable avait été réel ou si elle l'avait rêvé. Avant de se rappeler les paroles de Gabriel la veille au soir. Il avait dit qu'il n'avait pas pu résister à la tentation de l'embrasser, qu'il était attiré par elle. Puis il avait disparu, la laissant en proie à un chaos épouvantable.

Elle avait à peine fermé l'œil de la nuit, les mots de Gabriel tournant en boucle dans son esprit, accompagnés du souvenir des sensations brûlantes qu'elle avait éprouvées durant leur étreinte. La journée, elle avait pensé à lui sans arrêt. Et pourtant Rosa et elle avaient été bien occupées, en effet. Elles avaient cueilli des fruits dans le jardin d'Evelyn, dessiné des fleurs choisies par Rosa, pendant que la vieille dame leur donnait une petite leçon de botanique.

Tout en s'occupant de sa jeune protégée ou en bavardant avec son amie, Izzy ne pouvait s'empêcher de songer aux paroles de Gabriel. Elle était dévorée par le désir d'aller plus loin, d'explorer l'alchimie qui palpitait entre eux et de découvrir enfin les plaisirs de la chair.

Fantasmes en totale contradiction avec sa résolution de ne jamais plus s'impliquer avec un homme inapproprié. Gabriel n'était pas fait pour elle. Or Izzy avait beau se le répéter, elle était consumée par la passion.

Le jour suivant parut interminable à Izzy. Le ciel était chargé, la chaleur lourde et humide. Et elle manquait d'énergie.

Un peu après 17 heures, lorsque l'humidité fut moins prégnante, elle proposa à Rosa d'aller se rafraîchir dans la piscine. La petite fille fila aussitôt mettre son maillot de bain, Izzy fit de même et elles jouèrent dans l'eau pendant une bonne demi-heure.

Tout en s'amusant et riant de bon cœur avec Rosa, Izzy songeait à la mère de l'enfant, dont elle avait découvert qu'elle était un monstre d'égoïsme. Comment Gabriel avait-il bien pu tomber amoureux d'une femme comme elle ? Il avait parlé de son ex en termes peu élogieux, certes, mais il avait bien dû être épris d'elle à un moment donné, sans quoi il ne l'aurait pas épousée…

Sidérée, Izzy écouta la petite fille lui raconter qu'elle passait des heures, voire des journées entières, seule… Qu'on la retirait de l'école du jour au lendemain pour partir à l'étranger, ou qu'elle se retrouvait confiée à des amis de sa mère pendant que celle-ci disparaissait, lesquels amis ne cachaient pas à Rosa que sa présence n'était pas désirée.

Le plus grave, aux yeux d'Izzy, étant la menace à peine voilée de Bianca : Rosa ne devait pas parler à son père de ce qu'elle vivait avec sa mère ou sinon…

En surface, la petite ne semblait pas affectée par cette vie, mais qu'en était-il en réalité ? Izzy était bien placée pour savoir qu'une expérience douloureuse peut vous marquer à jamais.

Levant les yeux, elle se rendit compte que le ciel s'était assombri. Au même moment, un éclair zébra le ciel, puis un coup de tonnerre résonna au loin. Izzy prit Rosa par la main et toutes deux partirent en courant en direction de la maison, mais trop tard.

Déjà, la pluie se mettait à tomber à verse, si bien qu'elles étaient trempées lorsqu'elles parvinrent à la cuisine par la porte de service.

À peine furent-elles à l'intérieur qu'Izzy entra en collision avec un obstacle inattendu. Elle recula, paniquée et confuse.

Il lui fallut plusieurs secondes pour comprendre qu'il s'agissait de Gabriel. Il souleva Rosa dans ses bras et s'avança dans la cuisine tandis qu'Izzy lui demandait avec fureur ce qu'il faisait là.

Elle tremblait de la tête aux pieds, de froid et de colère. Elle s'en voulait d'avoir été surprise par Gabriel, d'avoir pensé sans cesse à lui, et de constater que lui n'avait manifestement pas pensé à elle. Il affichait son habituelle expression impassible quand il lui fit face.

Calme, sûr de lui… Tout en la regardant, il sortit un grand torchon blanc d'un tiroir et en enveloppa maladroitement le dos de sa fille blottie contre lui.

— Auriez-vous oublié que je suis ici chez moi ? demanda-t-il en haussant un sourcil. J'emmène Rosa dans sa chambre.

Il s'interrompit un bref instant.

— Vous devriez aller vous changer. Vous allez prendre froid. Nous parlerons tout à l'heure, lorsque Rosa sera au lit.

— Je crois que je vais me coucher de bonne heure, si cela ne vous dérange pas.

Elle réagissait de façon stupide, Izzy le savait, mais c'était plus fort qu'elle. Elle était vexée, voilà tout. Seigneur, c'était franchement pathétique, comme réaction…

— Pas de problème, répliqua-t-il avec calme. À demain, alors !

Et son précieux fardeau dans les bras, il franchit le seuil de la cuisine.

6.

Impossible de dormir. L'orage s'était transformé en tempête et la pluie martelait les vitres sans relâche, faisant un vacarme infernal.

Et en plus Izzy mourait de faim.

Elle repoussa le drap et se leva, se demandant s'il fallait appeler Evelyn pour voir si tout allait bien de son côté. Les gens du coin étaient sans doute habitués à ce genre de temps épouvantable. Son amie dormait peut-être paisiblement, indifférente à la tempête qui faisait rage à l'extérieur…

Après avoir décidé que mieux valait ne pas l'appeler, Izzy sortit de sa chambre et descendit au rez-de-chaussée, pieds nus, puis se dirigea vers la cuisine pour se préparer quelque chose à manger et une boisson chaude.

Jamais elle ne réussirait à s'endormir avec le ventre vide.

La grande maison était plongée dans la pénombre, mais Izzy connaissait bien l'agencement des lieux, à présent, aussi trouva-t-elle son chemin sans difficulté.

Alors qu'elle prenait une bouteille de lait et un pot de confiture dans le réfrigérateur, la lumière jaillit soudain dans la pièce, lui faisant perdre l'équilibre.

La bouteille et le pot de confiture furent catapultés en l'air avant de retomber sur le sol pavé, en mille petits morceaux de verre parmi lesquels se répandaient la confiture rouge et une mare de lait blanc.

Atterrée, Izzy se releva le plus dignement possible, le cœur battant la chamade.

Gabriel. Torse nu, en pantalon de jogging gris clair.

— Qu'est-ce que vous fabriquez, bon sang ?

Elle eut envie de pleurer. Mais elle se ressaisit et le foudroya du regard, pieds nus au milieu des bris de verre, et de la confiture répandue… Seigneur, quelle humiliation… Elle était là, en short minuscule et débardeur fantaisie.

— Ne bougez pas ! ordonna Gabriel.

Il fit volte-face et disparut avant de revenir quelques instants plus tard chaussé de mocassins.

Mortifiée, Izzy n'avait pas bougé d'un millimètre. Elle pouvait à peine respirer. Mais, au lieu de diminuer, son embarras ne fit que croître lorsque Gabriel s'avança et la souleva dans ses bras.

Elle ferma les yeux et se mit à trembler. Puis, sans réfléchir, elle lui passa les bras autour du cou et fut aussitôt submergée par toutes les pensées interdites qui la hantaient depuis la veille au soir.

La sensation du corps musclé… Les effluves musqués…

Réprimant un gémissement, Izzy serra les paupières tandis que Gabriel sortait de la cuisine, traversait le hall d'entrée et gravissait lestement l'escalier.

Mais une fois arrivé à l'étage, il ne prit pas la direction de la chambre d'Izzy si bien que lorsqu'elle rouvrit les yeux, elle s'aperçut que Gabriel l'avait emmenée dans sa suite.

Dehors, la tempête continuait de faire rage. Il avait allumé une lampe de chevet et des zones d'ombre conféraient une atmosphère étrange à la chambre. Izzy perçut néanmoins l'atmosphère résolument masculine qui régnait dans la pièce. Mobilier succinct, portes sans poignées en bois satiné recouvrant un mur entier. Blanc sur blanc, avec des touches de noyer ici et là. Le parquet ainsi qu'une longue étagère flottante sur laquelle étaient posés trois ordinateurs, deux fermés, l'autre en veille. Elle aperçut une salle de bains par une porte ouverte. La chambre de Gabriel était trois fois plus spacieuse que la sienne.

Il déposa Izzy dans un fauteuil en cuir grège installé près de la fenêtre.

— Ne bougez pas, ordonna-t-il à nouveau.

— Je veux retourner dans ma chambre, dit-elle en prenant appui sur les bras du fauteuil pour se lever.

— Je me fiche de ce que vous voulez. Je vais examiner vos pieds et vos jambes pour voir si vous avez des éclats de verre quelque part.

— Je n'en ai pas.

— Bella est à l'hôpital. Vous voulez l'y rejoindre avec une infection ? À cause de votre fichue obstination ?

— Si j'avais un éclat de verre dans le mollet, je le saurais !

Paniquée, elle le regarda traverser la pièce avant de disparaître dans la salle de bains de laquelle il ressortit avec un coffret laqué noir. Sa boîte à pharmacie, sans doute…

Sans dire un mot, il s'agenouilla devant elle et entreprit d'examiner ses pieds, délicatement, avant de passer aux mollets. Ses longs doigts lui effleuraient la peau, provoquant des sensations brûlantes qui incendiaient Izzy tout entière.

Son cœur lui tambourinait dans les côtes, elle avait la bouche sèche.

— Je n'ai pas fait de bruit, pourtant, chuchota-t-elle, fascinée par la vue de Gabriel agenouillé devant elle.

— J'ai une alarme à côté de mon lit, murmura-t-il. Si quelqu'un se promène dans la maison tard la nuit, elle se déclenche et suit ses mouvements.

— Vous m'avez prise pour un cambrioleur.

— Ma demeure pourrait en tenter plus d'un, murmura Gabriel.

Ses doigts montèrent sur ses cuisses, faisant naître en elle un violent frisson.

— On m'a souvent conseillé de prendre des gardes du corps.

— Ah…

— J'ai toujours évité de recourir à des mesures susceptibles d'empiéter sur ma vie privée.

Il leva les yeux et la dévisagea un instant en silence.

— Et puis je sais me battre. Pourquoi êtes-vous descendue à la cuisine ?

— J'avais faim, chuchota Izzy.

— Vous auriez dû manger quelque chose avec moi, au lieu de vous enfuir en courant.

— Je ne me suis pas enfuie.

Il haussa un sourcil, franchement moqueur.

— Ah non ?

— Je… Je pensais que vous rentreriez plus tard… Vous aviez dit…

— J'ai abrégé quelques réunions pour revenir plus tôt.

— Pourquoi ? Tout allait bien, je vous l'avais dit au téléphone. Rosa était en parfaite sécurité avec moi.

Se rendait-il compte qu'il lui caressait la joue, tout en la regardant dans les yeux avec une intensité presque insoutenable ?

— Je n'ai pas modifié mon heure de retour uniquement à cause de Rosa…

— Que voulez-vous dire ?

— Vous occupiez toutes mes pensées.

Il se redressa et se tint devant elle durant quelques secondes, la dominant de toute sa hauteur. Le cœur d'Izzy s'emballa.

— C'est vrai ? répliqua-t-elle dans un souffle.

— Cela vous surprend ?

Incapable de prononcer un mot, elle le dévisagea en silence, son pouls lui martelant les tempes.

— Non, n'est-ce pas... ? murmura-t-il lentement. Vous vous êtes enfuie parce que vous désiriez que je vous prenne dans mes bras et vous emporte ici, dans ma chambre ?

— Bien sûr que non, se défendit faiblement Izzy.

Elle avait le visage en feu, tout son corps brûlait, pétillait, réclamait. Elle désirait tellement Gabriel qu'elle en avait le vertige. Et la façon dont il la regardait...

Quand il se pencha vers elle, Izzy ferma à demi les yeux, tendit la main et effleura sa joue un peu râpeuse. Le désir déferla aussitôt en elle avec une force inouïe.

— L'examen est terminé, murmura-t-il en la soulevant dans ses bras. Je n'ai pas trouvé le moindre éclat de verre.

Un halètement franchit les lèvres d'Izzy, en même temps qu'elle lui refermait les bras autour du cou.

— Mais je devrais continuer à chercher... juste pour en être certain. Et puis, ton short et ton débardeur sont un peu mouillés, tu devrais les ôter, non ?

— Oui, je devrais, chuchota-t-elle contre son torse.

Cet homme somptueux allait être son premier amant. À la perspective d'offrir sa virginité à Gabriel, les moindres cellules de son corps vibraient d'excitation.

Avec Jefferson, Izzy avait préféré attendre. Comme si elle s'était doutée en secret qu'elle avait tort de lui accorder sa confiance. Au début, il s'était montré patient, mais moins d'un mois plus tard, il avait commencé à bouder. Peu de temps après, il s'était mis à lui demander de l'argent.

Il attendait un chèque que son dernier employeur tardait à lui envoyer... Pourrait-elle lui prêter quelques centaines de dollars pour payer son loyer ? Il la rembourserait, bien sûr... Et si elle pouvait lui avancer un peu d'argent supplémentaire, il avait vu une planche de surf qu'il mourait d'envie d'essayer...

Et stupidement, entre autres parce qu'elle culpabilisait de refuser de coucher avec lui, Izzy avait accédé à ses demandes, relativement modestes au début, avant qu'il ne lui montre le projet de création d'entreprise qu'il avait mis au point. Quelques bateaux… Les coûts publicitaires… Un demi-million lui suffirait pour démarrer…

Elle avait fui, l'amour-propre en miettes, l'ego encore plus meurtri que le cœur – même si Izzy commençait seulement à l'admettre.

Heureusement qu'elle n'avait pas couché avec lui. Elle avait la nausée rien qu'à cette pensée. Et pourtant, elle s'apprêtait maintenant à se donner à un homme qui lui avait fait clairement comprendre qu'il ne faisait pas dans le long terme. Gabriel lui proposait du sexe, rien d'autre.

Elle le regarda par-dessous ses cils tandis que, délicatement, il l'installait sur le lit immense avant de reculer de quelques pas.

— Tu es sûre de toi ? demanda-t-il, la voix rauque.

Gabriel n'avait pas menti. Izzy avait occupé toutes ses pensées. Pour la première fois de sa vie, il avait été incapable de se concentrer sur un contrat qui, en temps normal, aurait monopolisé toute son attention et son énergie.

Ce manque de concentration l'avait irrité au plus haut point. Jamais il ne laissait une femme s'interposer entre lui et son travail. Réagissait-il ainsi parce que leur rencontre s'était produite de manière totalement inédite ? Parce que Izzy n'avait rien de commun avec les femmes qui l'attiraient d'habitude ?

Il n'était tout de même pas tombé sous son charme au point d'être devenu obsédé par elle ?

Rejetant catégoriquement cette possibilité, Gabriel avait préféré songer aux confidences qu'elle pourrait lui rapporter – sans même s'en rendre compte – et, fort de cette motivation, il était rentré au domaine plus tôt que prévu.

L'orage faisant rage, il s'apprêtait à partir à la recherche de sa fille et Izzy, lorsque celle-ci lui était littéralement tombée dans les bras. Une sensation inconnue lui avait étreint la poitrine en voyant qu'Izzy n'avait pensé qu'à protéger Rosa.

Puis il avait remarqué qu'elle ne portait qu'un simple bikini noir, mettant en valeur son corps mince et souple. Alors, terrassé par un désir sauvage, il avait soulevé Rosa dans ses bras et s'était concentré sur sa fille qui se blottissait contre lui en tremblant.

Et maintenant… Izzy était là, sur son lit. Lorsqu'il l'avait découverte dans la cuisine, penchée devant le réfrigérateur, ses fesses moulées dans un short minuscule en coton…

Ce pyjama plus qu'ordinaire n'avait vraiment rien de sexy, et pourtant, la vision qui s'était offerte à ses yeux avait déchaîné sa libido.

Comment réagirait-il si Izzy changeait d'avis maintenant ? Il n'en savait trop rien. À cet instant, elle lui souriait, les joues rosies. Gabriel sourit à son tour, se débarrassa de son pantalon de jogging en un tournemain et la vit entrouvrir les lèvres, fascinée. Ce qui eut pour effet d'exacerber son désir lancinant.

Izzy avait beau être une riche héritière habituée à voir tous ses caprices exaucés, il y avait quelque chose de si rafraîchissant en elle, de si innocent… Et en même temps, de si sexy…

Éblouie par sa beauté, Izzy le regarda s'avancer vers elle et frissonna. Gabriel était très… viril. Mais pas question de lui avouer qu'elle était vierge. S'il l'apprenait, il s'enfuirait en courant.

Sans dire un mot, il s'allongea à côté d'elle, sa puissante érection lui effleurant la cuisse. Lentement, il glissa les doigts sous son débardeur, le remonta sur son buste…

Izzy ferma les yeux et se mit à trembler en sentant le souffle tiède caresser ses seins nus.

Dès que les lèvres de Gabriel se refermèrent sur les siennes, elle rouvrit les yeux. Cette fois, le baiser fut langoureux, et d'une telle volupté qu'elle creusa les reins d'instinct tandis que leurs langues se mêlaient et que Gabriel enfouissait les mains dans ses cheveux.

Ses seins étaient pressés contre le torse musclé de son amant, les pointes dures de plus en plus sensibles réclamaient les caresses. La chaleur pulsait entre ses cuisses. À présent, elle était si excitée que toute appréhension l'avait quittée.

— Tu es magnifique, lui chuchota Gabriel à l'oreille.

— Toi aussi, murmura-t-elle en souriant.

Il éclata de rire et s'écarta pour la regarder.

— Tu es très franche.

— Je déteste les mensonges.

Gabriel demeura silencieux, traversé par un sentiment de culpabilité. Il voulait obtenir des informations par l'intermédiaire d'Izzy. Cela voulait-il dire qu'il lui mentait pour gagner sa confiance ? Non. Ç'aurait été le cas s'il n'avait pas été irrésistiblement attiré par elle. Or ils cédaient au désir qui les consumait tous les deux. Et si, en plus, il obtenait ce qu'il désirait…

— À quoi penses-tu ? demanda Izzy en lui caressant la joue.

— Faire l'amour et bavarder ne vont pas ensemble, répondit-il d'une voix rauque.

Sur ces mots, il saisit le petit short par l'ourlet et le fit glisser d'un mouvement fluide.

Seigneur... Cette peau... douce comme de la soie. Izzy avait les seins petits et fermes, aux aréoles rose framboise, aux mamelons faits pour être léchés.

Lentement, Gabriel se laissa couler sur elle tout en lui embrassant le cou, la gorge, puis s'arrêta sur un sein rond et en aspira la pointe entre ses lèvres. Il la lécha, la mordilla. Avant de redresser la tête pour contempler les longs cheveux bouclés épars sur l'oreiller, les lèvres entrouvertes, le corps mince aux formes affolantes tremblant de désir...

Il reprit le mamelon dur et gonflé dans sa bouche en même temps qu'il laissait glisser une main sur le ventre plat et doux. Izzy laissa échapper un halètement. Nonchalamment, il s'aventura plus bas, passa sur la hanche, descendit entre les cuisses, effleurant la toison douce au passage.

Izzy sentit son corps se détendre, s'ouvrir, et ne put retenir un gémissement. Ce que Gabriel lui faisait était... divin. Les doigts habiles l'exploraient, à la recherche de l'endroit où elle brûlait d'être caressée.

Quand il se redressa puis s'agenouilla entre ses jambes, elle se raidit, ce fut plus fort qu'elle. Mais lorsqu'il glissa les mains entre ses cuisses pour les écarter, qu'il pencha la tête et explora son sexe du bout de la langue, en caresses de plus en plus enivrantes, Izzy perdit la tête et ne put contenir longtemps la marée qui montait en elle.

Lentement, elle redescendit sur terre, choquée par son abandon total. Toujours posée sur son sexe, la bouche experte continua de le cajoler doucement, jusqu'à ce que les derniers spasmes de plaisir disparaissent.

C'était le moment de lui dire qu'elle était vierge.

Mais le désir de le sentir en elle l'emporta sur ses scrupules.

Cependant, lorsque Gabriel prit un préservatif dans le tiroir de la table de chevet et déchira le sachet avec impatience, Izzy se mit à paniquer.

Il s'allongea au-dessus d'elle, puis appuya l'extrémité de la puissante érection contre l'orée de son sexe tandis qu'elle le laissait faire en retenant son souffle.

— Sois doux, murmura-t-elle quand il donna un petit coup de reins.

Les mâchoires serrées, elle se prépara au pire… et ne put retenir un cri étouffé lorsqu'il la pénétra à fond.

Gabriel s'immobilisa et la regarda. Izzy ferma les yeux.

Il fallait vraiment être stupide pour s'imaginer qu'un homme aussi expérimenté ne se rendrait compte de rien…

— Izzy…

— Ne t'arrête pas, je t'en supplie, chuchota-t-elle.

— Je suis obligé.

— Non !

Rouvrant les yeux, elle plongea son regard dans le sien et referma les mains sur les hanches étroites pour l'encourager à continuer.

— Tu aurais dû me le dire.

— Tais-toi, supplia Izzy. Je le désire. Je te désire.

Elle souleva les hanches et s'accrocha à lui, de toutes ses forces, terrifiée à la pensée qu'il puisse se retirer et la laisser comme ça, frustrée et déçue.

Attirant son visage vers le sien, elle l'embrassa. Gabriel gémit contre sa bouche et remua en elle. Toute panique l'avait désertée, à présent, la douleur aussi, remplacée par une sensation vertigineuse qui s'accroissait au moindre mouvement de la puissante érection enfouie en elle.

Comment réussissait-il à accomplir ce prodige ? Comment parvenait-il à lui faire oublier que c'était sa première fois ?

Soudain, il se retira lentement, avant de donner un coup de reins vigoureux. Il répéta l'ensorcelant manège, ralentissant puis accélérant la cadence, jusqu'à ce qu'il instaure un rythme qui fit bientôt haleter Izzy sans retenue.

Une spirale se déploya en elle, avant de l'emporter dans un tourbillon de volupté qui lui arracha un cri.

L'orgasme fut éblouissant, d'une intensité inouïe. Izzy entendit un sanglot franchir ses lèvres tandis que Gabriel redressait le torse, les muscles bandés à l'extrême. Il s'immobilisa un instant, avant de donner un ultime coup de reins et de céder à son tour à la jouissance.

Il retomba sur elle puis bascula sur le flanc et se redressa sur un coude en haussant les sourcils d'un air interrogateur.

— Je ne veux pas en parler, chuchota Izzy en détournant les yeux.

— Je crains que tu n'aies pas le choix.

— Je suis désolée.

Quelle idiote, elle avait les larmes aux yeux…

— Regarde-moi, Izzy.

Elle obéit, le foudroyant du regard.

— Qu'est-ce que cela peut bien faire que j'aie été vierge ou pas ?

— Cela fait que si je l'avais su, je ne… je ne t'aurais pas fait l'amour.

— Pourquoi ? Tu ne m'as pas forcée !

— Ce n'est pas la question, *tesoro*.

— Où est le problème, alors ?

— Tu ne me connais pas, Izzy. Je suis…

Il soupira.

— Je n'ai rien à t'offrir. Tu as été blessée par un salaud qui a profité de ton inexpérience… Alors tu cherchais probablement à dépasser cette malheureuse histoire avec quelqu'un d'autre, dans l'espoir d'oublier ce pauvre type qui ne méritait pas ta confiance.

Depuis quand cherchait-il à comprendre les motivations d'une partenaire sexuelle ? À s'aventurer dans le psychisme d'une femme qui partageait temporairement son lit ?

Au moment où son mariage s'était désintégré, Gabriel s'était dit qu'il aurait dû poser davantage de questions à Bianca, se montrer plus curieux, essayer de dialoguer avec elle, de la comprendre. Mais elle avait manifesté une telle agressivité à son égard qu'il s'était contenté de se protéger, tout en se concentrant sur les problèmes pratiques.

Il revint au présent. À celle qui venait de lui faire don de sa virginité.

Vierge ! Izzy ! Il n'arrivait pas encore à le croire, mais à bien y repenser, il aurait pu le deviner. À la manière dont elle s'empourprait, par exemple, en dépit de son obstination et de sa détermination farouche. Il avait préféré se fier aux apparences. Izzy Stowe était jeune, belle et riche, cela avait suffi à Gabriel pour la ranger dans la même case que les autres de son espèce.

Or il s'était trompé.

Ils avaient fait l'amour, impossible de revenir en arrière, mais il devait maintenant renoncer à toute relation avec elle. Izzy était vulnérable. Fortunée, certes, mais sans pour autant correspondre au profil de la riche héritière tel qu'il le concevait.

— Je t'interdis de chercher à m'analyser, dit-elle, les mâchoires serrées. Tu ne sais pas ce que je pense. Tu ne…

— Izzy…

— Je t'interdis de prendre ce ton paternaliste avec moi !

— Je ne veux pas te faire de mal, avoua Gabriel d'une voix sourde.

— Et pourquoi me ferais-tu du mal, s'il te plaît ?

Parce que la douceur et le romantisme ne l'intéressaient

pas, et qu'il ne voulait pas lui briser le cœur. Il ne souhaitait pas non plus la plaindre. Izzy valait mieux que cela.

— Les femmes s'attachent facilement à leur premier amant…

— Cela ne risque pas de m'arriver, l'interrompit-elle avec sa franchise habituelle. Tu n'es pas mon type.

Quand il la regarda avec un petit sourire en coin, Izzy le foudroya du regard.

— Tu as vraiment un ego surdimensionné ! Je te trouve très séduisant mais cela ne veut pas dire pour autant que tu sois mon type. Les hommes d'affaires ne m'attirent pas. Je préfère ceux qui ont un style de vie plus décontracté. Jefferson était un salaud, OK, mais c'est la vie. Tu es somptueux, Gabriel, et tu le sais, mais il y a une grande différence entre être attiré physiquement par quelqu'un et le considérer comme un potentiel partenaire à plus long terme.

Elle s'interrompit et soutint son regard posément, tandis que des questions stupides se succédaient dans son esprit.

Gabriel était-il aussi insensible et impitoyable parce qu'il n'avait jamais cessé d'aimer son ex-femme, même si elle lui rendait maintenant la vie infernale ? Avait-il vécu le grand amour avec elle ? Avait-il souffert à cause d'une autre femme avant Bianca ?

— Nous avons fait l'amour parce que je le désirais autant que toi, poursuivit-elle. Et j'ai trouvé cela fabuleux. Je n'ai pas envie de me lancer dans une relation suivie avec toi et j'aurais préféré que tu… acceptes la vérité sans en faire tout un plat. Et que nous nous offrions une nuit de plaisir sans que cela ne se termine en drame.

Izzy serra les mâchoires à s'en faire mal.

— Tu penses que c'était une erreur ? OK. Pas de problème.

Se sentant soudain affreusement vulnérable, elle se couvrit la poitrine avec le drap.

— Je n'ai plus qu'à m'en aller. Je suis désolée pour Rosa, elle va être déçue, mais je ne vois pas comment je pourrais rester, maintenant.

L'existence de cette petite fille était déjà assez mouvementée comme ça. Plus tôt Izzy partirait, et moins Rosa souffrirait de son départ.

À l'origine, elle avait accepté la proposition de Gabriel dans l'espoir de le convaincre de renoncer à la parcelle d'Evelyn. Mais elle n'avait pas été capable de résister à l'attirance qu'elle ressentait pour lui et tout était fichu, à présent. Il ne pouvait pas mettre Evelyn dehors, mais il la harcèlerait jusqu'à ce qu'elle capitule.

Une souffrance atroce envahit Izzy. Elle se mordit la lèvre et se leva du lit.

— Que se passe-t-il, Izzy ? fit Gabriel en posant une main sur son bras. Tu crois que tu ne me plais pas, c'est cela ?

— Non. Je crois que ce n'est pas moi que tu désirais. Ce qui revient au même.

Elle essaya de se libérer mais il l'attira contre lui en dépit de ses protestations.

— Tu m'as offert le présent le plus précieux, dit-il doucement dans son cou. Je ne le méritais pas. Je me suis mal exprimé, apparemment, mais n'imagine pas un seul instant que ce que nous venons de partager n'était pas aussi fabuleux pour moi que pour toi.

— Ce n'est pas la peine de mentir, chuchota Izzy. Je ne suis pas si…

— Mentir ? Touche-moi, *tesoro*, et tu comprendras vite que je ne mens pas…

Elle s'abandonna contre lui. Toute velléité de résistance la déserta. Ainsi blottie dans ses bras musclés, plus rien n'existait hormis la merveilleuse chaleur virile de Gabriel…

7.

Gabriel regarda sa fille et Izzy installées sur la terrasse, leurs têtes blonde et brune penchées au-dessus de la table tandis qu'elles dessinaient en bavardant avec animation.

Bella reviendrait bientôt et leur ancienne routine se remettrait en place, avait fait remarquer Izzy quatre jours plus tôt. Alors pourquoi ne pas en profiter pour s'essayer à d'autres activités ensemble, tous les trois ? C'est ainsi qu'ils étaient allés pêcher la truite dans un élevage avant de déguster le produit de leur pêche – deux poissons attrapés en deux heures, vidés puis grillés sur place par les propriétaires de la ferme aquacole.

En réalité, Gabriel n'envisageait pas le retour de Bella. Sa fille semblait tellement plus épanouie sans la présence sévère de sa nounou !

Il n'avait plus osé sonder Izzy au sujet de son ex-femme, après leur première étreinte. Il avait lâché prise et tous deux étaient devenus amants. Bien qu'il ait toujours pensé que la fin justifie les moyens, il ne voulait pas avoir l'impression de se servir d'Izzy pour lutter contre Bianca.

Il glanait toutefois quelques informations ici ou là. En effet, Izzy bavardait volontiers après leurs fabuleuses étreintes, dans la langueur succédant au plaisir. La description des activités de la journée – la confection d'un gâteau, la construction d'une cabane, une course de bateaux en papier… –, était émaillée de détails stupéfiants sur la vie de sa fille quand elle n'était pas avec lui.

Apparemment, Bianca s'absentait souvent. Il y avait beaucoup de voyages à l'étranger. Gabriel avait déjà chargé l'un de ses assistants d'établir la date et la fréquence de ces voyages, et de trouver le nom de ceux qui l'accompagnaient.

Rosa manquait souvent l'école pour des raisons diverses. Lorsqu'il avait découvert que Bianca emmenait sa fille de six ans à des séances de manucure et de pédicure – dont Rosa gardait un souvenir horrifié –, il avait eu du mal à contenir sa colère.

Pas étonnant que Bella soit passée à l'enseignement à domicile. C'était indispensable, vu la fréquentation plus qu'épisodique de la classe par la fillette.

Il avait également appris que son ex recevait des hommes à la maison. Gabriel ne s'attendait pas à ce que Bianca se soit transformée en modèle de vertu, mais il se demandait comment se passaient ces visites. Rosa avait parlé d'un homme qui avait plusieurs fois déjeuné avec elles.

À ce moment-là, il avait failli sauter sur son téléphone et appeler son ex pour lui dire ce qu'il pensait de sa façon de traiter leur fille. Mais il ne gagnerait rien à hâter le processus. Aussi devait-il se montrer patient, continuer à rassembler les éléments du dossier et préparer sa stratégie avec soin.

Seulement, sa conscience le taraudait. Il n'avait pas extorqué ces informations à Izzy, il ne l'avait pas interrogée. Par ailleurs, il avait été clair : lorsque le moment de la séparation viendrait, il n'y aurait ni reproches ni accusations à propos de promesses non tenues.

Celles relatives au *cottage* d'Evelyn ? La question avait été soulevée de façon indirecte et une seule fois, et il l'avait habilement esquivée. Parce que « les affaires sont les affaires », voilà tout. Peut-être emmènerait-il Evelyn

Scott visiter quelques propriétés dans les environs, histoire de lui montrer qu'il existait des endroits susceptibles de lui plaire.

À bien des égards, tout se déroulait plus facilement qu'il nc l'aurait cru. Encore une semaine et il faudrait avancer, décida Gabriel. Il commencerait par annoncer à Bianca que les services de Bella n'étaient plus nécessaires et si son ex montrait les griffes… elle découvrirait à ses dépens qu'il avait maintenant de quoi se défendre contre ses sales machinations.

Izzy évitait de penser au moment où son étrange relation avec Gabriel prendrait fin.

Quand elle avait accepté de remplacer Bella, elle l'avait fait de bonne foi, voyant là un moyen de trouver une opportunité pour persuader Gabriel de renoncer à son projet de racheter la parcelle d'Evelyn. Elle s'était dit qu'en vivant sous son toit, elle parviendrait à lui faire comprendre qu'il ne pouvait pas arracher son amie à sa chère maison et son précieux jardin. Elle avait voulu essayer de l'en dissuader.

Mais ils étaient devenus amants et elle n'avait abordé le sujet qu'une seule fois. Gabriel avait haussé les épaules, dit en termes vagues qu'il faudrait évaluer les coûts qu'entraînerait l'abandon du projet, avant de détourner la conversation.

Et Izzy l'avait laissé faire parce qu'elle avait succombé à son charme. Depuis une semaine, elle vivait sur un petit nuage et ne voulait pas tout gâcher en évoquant une question aussi épineuse.

À sa grande surprise, Gabriel avait accepté de délaisser son cher travail lorsqu'elle lui avait dit d'un ton sévère qu'il devait participer aux sorties prévues par elle et sa fille. Bella reviendrait bien assez tôt, avait-elle ajouté. Il l'avait alors regardée sans dire un mot durant quelques instants, puis avait acquiescé.

C'est ainsi qu'ils avaient visité un château médiéval reconstitué, avec pont-levis, que Rosa avait adoré. Ils étaient allés patiner, cueillir des pommes et déguster des glaces artisanales dans une boutique réputée de Sebastopol. Et même pêcher des truites dans une ferme aquacole avant de les consommer sur place, grillées au barbecue.

En Californie, tout paraissait plus facile, et l'immensité des paysages contribuait à donner à Izzy le sentiment de vivre dans un univers enchanté.

Un paradis qu'elle redoutait de quitter.

Debout au bord de la piscine, elle tourna les yeux vers la maison. Il était un peu plus de 22 h 30 et pour la première fois, Gabriel et elle étaient allés dîner au restaurant en tête à tête, Evelyn étant venue s'occuper de Rosa pour la soirée. Maintenant, elle attendait Gabriel qui était monté voir si sa fille dormait bien après avoir raccompagné la vieille dame chez elle.

« Buvons un dernier verre au bord de la piscine, avait-il proposé. Nous pourrions même prendre un bain. Après une journée aussi chaude, quelques longueurs de bassin nous feront du bien. »

Izzy s'installa sur une chaise longue et remonta ses genoux contre elle. Lorsqu'elle essayait de retracer la progression de ses sentiments, elle s'égarait toujours en chemin. Comment et quand son antipathie patente envers Gabriel s'était-elle muée en ravissement ? Le désir charnel en un sentiment authentique et profond ? En dépit de son refus de mettre un nom sur ce sentiment, il planait quelque part dans son esprit, flou mais persistant.

Gabriel était un homme passionnant. Arrogant, agaçant, mais passionnant. Dès le début, même avant d'accepter de s'occuper de Rosa, même quand elle avait envie de le frapper à cause de ce qu'il faisait subir à Evelyn, il y avait eu quelque chose en lui qui l'avait fascinée et attirée.

Il n'était pas son type, elle n'approuvait pas ses méthodes, n'était pas d'accord avec lui sur bien des sujets, mais elle ne pouvait s'empêcher d'être attirée par lui.

Entendant un bruit de pas, Izzy sourit, se réjouissant déjà de le retrouver, lorsqu'il apparut devant elle et lui tendit les mains pour l'aider à se lever.

— Je peux savoir à quoi tu penses ? demanda-t-il en la prenant dans ses bras.

Il la regarda un instant dans les yeux puis repoussa une mèche de sa joue.

— J'aime beaucoup ta robe, au fait, murmura-t-il.

Une robe qu'Izzy avait dû aller acheter en ville l'après-midi même, en compagnie de Rosa qui l'avait aidée à la choisir.

Doucement, il la serra contre lui.

— Fines bretelles, longue fermeture Éclair au milieu du dos… C'est une robe conçue pour être ôtée en un clin d'œil.

Lui-même était follement sexy ce soir-là, en pantalon noir ajusté et chemise blanche aux manches retroussées jusqu'aux coudes.

Izzy referma ses bras autour du cou de son amant et lui offrit ses lèvres. La puissante érection pulsait contre elle à travers la fine étoffe.

— Un petit plongeon ?

— J'ai la flemme d'aller chercher mon maillot de bain, avoua-t-elle.

— Qui a parlé de maillots de bain ? répliqua Gabriel en souriant.

Il la repoussa doucement, fit glisser les bretelles de sa robe sur ses épaules, descendit la fermeture Éclair.

— Qu'est-ce que tu fais ? Non ! Gabriel !

— Personne ne nous voit, murmura-t-il en refermant

la main sur son sein. Nous sommes dans une propriété privée équipée d'un système de sécurité ultra-sophistiqué, comme tu as pu toi-même t'en rendre compte. Rosa dort profondément. Il n'y a que toi et moi… Et je te désire comme un fou. Je t'ai désirée toute la soirée… Ce dîner m'a paru interminable.

Un petit rire doux échappa à Izzy. La robe lui ceignait la taille. Elle entreprit de déboutonner la chemise blanche, mais Gabriel l'ôta sans se soucier des boutons qui voltigèrent dans tous les sens. La robe rejoignit bientôt la chemise sur le pavé, suivie du reste de leurs vêtements.

Le mobilier de jardin était bas, souple et confortable, conçu pour la détente. À cette heure de la soirée, seule la piscine éclairée de l'intérieur émettait de la lumière. L'eau miroitait de reflets argentés. Des étoiles parsemaient le ciel de velours noir et une chaleur agréable avait remplacé la touffeur de la journée.

Gabriel souleva Izzy dans ses bras et l'installa sur l'un des longs sofas, en position mi-assise mi-couchée, puis s'agenouilla devant elle. Son souffle chaud caressa sa chair offerte, puis sa langue experte trouva son clitoris, la faisant gémir de plaisir.

Il s'y prenait avec un art divin, s'interrompant juste à temps pour l'empêcher de céder à la jouissance, avant de reprendre ses savantes caresses.

Lorsqu'il la pénétra enfin, après avoir enfilé un préservatif pris dans sa poche de pantalon, ils jouirent presque aussitôt, ensemble. Dans une harmonie parfaite. Ensuite, ils restèrent assis côte à côte sur le sofa, bavardant de tout et de rien, nus et insouciants.

Izzy aurait aimé prolonger ces instants magiques. À tout jamais. Or le moment de la séparation se rapprochait inexorablement. À la perspective de ne plus jamais revoir Gabriel, un sentiment de désolation profonde l'envahit.

Avait-elle commis l'erreur fatale ? Était-elle tombée amoureuse de lui alors qu'elle savait pertinemment qu'il n'avait que du sexe à lui offrir ? Du sexe fabuleux, certes, mais rien d'autre ?

Elle se leva d'un mouvement brusque.

— Quand Bella doit-elle revenir ?

Lorsqu'elle se pencha pour ramasser ses vêtements, Gabriel se leva et lui passa les bras autour de la taille, pressant son corps nu contre le sien.

— Et ce bain de minuit ?

— Je n'en ai plus trop envie.

Son cœur battait vite et fort, son esprit carburait à toute allure. Comment avait-elle pu tomber amoureuse de cet homme, alors qu'elle savait dès le départ que rien n'était possible avec lui ?

— Et puis il est très tard, ajouta-t-elle dans un souffle.

L'anxiété l'empêchait de respirer. Izzy ne pensait qu'à une chose : la souffrance allait lui tomber dessus. Ce n'était qu'une question de jours, voire d'heures.

— Tu ne m'as toujours pas répondu, concernant Bella, lui rappela-t-elle d'un ton détaché.

Elle se libéra de son étreinte, puis, sans regarder Gabriel, renfila sa robe à la hâte pour se diriger vers la maison.

— Qu'est-ce que tu as ? demanda-t-il dans son dos.

— Rien. Je suis fatiguée, c'est tout. Et je n'ai pas envie de prendre un bain de minuit.

— Elle ne reviendra pas.

— Pardon ?

Izzy se retourna avec réticence. Elle ne voulait pas le regarder. Dès qu'elle posait les yeux sur lui, toute volonté la quittait. Or elle en avait terriblement besoin.

— Bella. Elle ne reviendra pas.

— Pourquoi ?

— Tu sembles surprise…

Ce fut plus fort qu'elle, Izzy le regarda. Il achevait d'enfiler son pantalon et, déjà, s'avançait vers elle.

Seigneur, ce sourire…

— Elle… Elle va bien ? demanda Izzy, consciente de ne guère se soucier de l'état de santé de Bella, en réalité.

Gabriel lui enlaça la taille et l'entraîna vers la maison.

— Oh ! oui. Elle doit sortir de l'hôpital demain.

— Ah… ? Pourquoi ne…

— Je l'ai virée.

— Virée ? Mais je croyais… Je croyais que… Elle n'est pas parente avec ton ex-femme ?

— Cela ne m'interdit pas de la renvoyer, répliqua-t-il d'un ton neutre. Quand je te vois avec Rosa, je me rends compte que Bella n'était vraiment pas une compagne idéale pour une petite fille de six ans.

Il avait viré Bella ! Subitement, la menace de devoir se séparer de lui devenait moins imminente. Cela lui laisserait un peu plus de temps pour réfléchir, songea Izzy. Avant de se traiter aussitôt de lâche.

— Et tu as… trouvé une remplaçante ?

Sans dire un mot, il poussa les portes du patio donnant sur la vaste buanderie qui communiquait avec la cuisine.

Les cheveux ébouriffés, torse nu – il avait dû laisser sa chemise au bord de la piscine, avec ses mocassins –, le pantalon déboutonné, Gabriel était l'incarnation même de la beauté mâle.

— Je préfère prendre mon temps, murmura-t-il.

— Et comment a réagi Bella ? Elle n'a pas été trop… choquée ?

— Je lui ai versé l'équivalent d'un an de salaire, cela l'a aidée à se remettre rapidement de son choc.

Ils s'avancèrent dans la cuisine plongée dans la pénombre tandis qu'une foule de pensées se bousculaient dans la tête d'Izzy.

Gabriel cherchait-il à lui faire comprendre qu'elle pouvait rester plus longtemps que prévu ? Il n'avait rien dit concernant leur relation, mais s'il n'envisageait pas d'embaucher une nouvelle nounou dès maintenant, cela signifiait qu'il ne voyait pas d'inconvénient à ce qu'elle continue à s'occuper de Rosa pour l'instant, non ? Et si c'était bien le cas, pouvait-elle se laisser aller à croire que Gabriel souhaitait prolonger leur histoire, parce qu'il était plus attaché à elle qu'il ne voulait bien l'admettre ?

À quoi pensait-elle ? s'interrogea Gabriel en voyant Izzy baisser les yeux. Quelques instants plus tôt, elle s'était comportée de façon étrange et il ne comprenait pas ce brusque changement d'humeur. Les états d'âme n'avaient jamais été son fort, mais cette fois il était curieux de savoir ce qui préoccupait Izzy.

Elle avait demandé quand Bella reviendrait et…

Était-elle impatiente de s'en aller ? Fort de son assurance habituelle, Gabriel avait pensé qu'elle ne verrait pas d'inconvénient à rester aussi longtemps qu'il le souhaiterait, mais il s'était peut-être trompé. Comment réagirait-il si elle lui annonçait soudain son départ ?

La sensation qui l'envahit à cette éventualité le surprit par son intensité. Il avait obtenu les informations dont il avait besoin. Lorsqu'il avait appelé Bianca trois jours plus tôt pour lui annoncer qu'il ne voulait plus avoir affaire à Bella, il l'avait froidement remise à sa place dès l'instant où elle avait lancé l'une de ces contre-attaques dont elle avait le secret.

« Tu vas devoir l'accepter, avait-il déclaré posément. Sinon je serai sans pitié, et cela risque de ne pas te plaire. »

Et quand elle avait entamé la sempiternelle énumération de ses manquements et défauts, Gabriel lui avait rendu la pareille et balancé d'une voix doucereuse quelques vérités qui lui avaient derechef cloué le bec. Pour la première fois depuis leur divorce, il disposait d'armes concrètes contre elle et il comptait bien se servir de tout son arsenal.

Alors qu'il se faisait ces réflexions, la lumière se répandit soudain dans la cuisine, les aveuglant et les faisant sursauter tous les deux.

Interdit, Gabriel l'aperçut alors, immobile sur le pas de la porte.

Il ne lui avait jamais dit à quoi ressemblait son ex, mais Izzy sut instantanément qui était la créature superbe aux formes voluptueuses et aux cheveux de jais qui se tenait à quelques mètres d'eux et les fixait de son regard terrible, telle Méduse resurgie de l'Antiquité grecque.

D'instinct, Izzy recula d'un pas, se servant de Gabriel comme bouclier.

— Bonsoir, Bianca, dit celui-ci avec un sang-froid époustouflant. Tu peux m'expliquer ce que tu fais ici, s'il te plaît ?

Mais sa voix glaciale ne sembla nullement intimider cette dernière. Elle s'avança vers lui, l'air menaçant, les yeux étincelants de fureur.

— À ton avis, Gabriel ? Tu m'annonces que tu mets ma gouvernante à la porte et tu t'attends à ce que je l'accepte sans broncher ? J'ai pris l'avion aussitôt après ton coup de fil et j'exige des explications !

Continuant d'avancer, elle regarda Izzy en plissant les yeux et, cette fois, ce fut une expression de triomphe qui empreignit ses traits.

— Tu ne changes pas, à ce que je vois ! lança-t-elle à Gabriel mais tout en continuant de fixer Izzy. J'espère que vous ne vous faites pas d'idées, ma petite. Parce que je vous avertis : mon cher ex-époux ne fait pas dans le long terme.

Elle se tourna vers Gabriel.

— Tu t'intéresses à des créatures insignifiantes, maintenant ? Et tu les ramènes ici ? Alors que ma fille dort à l'étage ? Pas vraiment une bonne idée, Gabriel.

Interloquée, Izzy assistait à l'affrontement sans dire un mot, résolue à ne pas réagir à la provocation évidente de Bianca.

— Tu crois pouvoir me menacer pendant que tu t'amuses avec la première petite garce venue ? Ton comportement est honteux, Gabriel ! lança Bianca, hors d'elle.

Le visage impénétrable, Gabriel passa le bras autour des épaules d'Izzy.

— Tu n'es pas la bienvenue chez moi, Bianca, rétorqua-t-il sans s'émouvoir. J'aurais dû te demander de me rendre ta clé il y a longtemps, et je vais réparer mon erreur tout de suite.

Il tendit la main, laquelle ne tremblait pas, remarqua Izzy.

— J'ai besoin d'avoir une clé pour m'assurer que ma fille est en sécurité avec toi, répliqua Bianca. Le bien-être de Rosa est ma priorité. Dès l'instant où tu m'as dit que tu avais congédié Bella, j'ai compris que tu manigançais quelque chose et je suis venue, certaine de te prendre sur le fait. Tu me dégoûtes, Gabriel Ricci. Mais je peux te dire que mon avocat sera très intéressé d'apprendre ce qui se passe ici dès que les lumières sont éteintes et que ma fille dort dans sa chambre.

— Vas-y, Bianca, je t'en prie, répliqua Gabriel d'une voix doucereuse. Ma fiancée et moi nous ferons un plaisir de rectifier les informations erronées que tu pourrais divulguer.

— Ta fiancée ? Ta fiancée ? s'exclama Bianca avec un profond dédain.

Cependant, sa belle peau mate avait pris une teinte livide.

— Tu sais où est la sortie, n'est-ce pas ? Alors va-t'en. Et n'oublie pas, Bianca… Je t'aurai prévenue.

8.

Gabriel se pencha pour ramasser la clé jetée à ses pieds, tandis que la lourde porte d'entrée claquait.

— Je suis désolé, dit-il à Izzy qui le contemplait d'un air stupéfait.

Il détestait les scènes et, s'il avait pu se douter que Bianca débarquerait sans crier gare, il aurait pris les mesures nécessaires pour l'empêcher de pénétrer chez lui.

Mais pourquoi était-il surpris, au fond ? Quand elle avait appris qu'il avait renvoyé sa précieuse alliée, son ex-épouse avait vu rouge et décidé de se rendre sur place, en veillant à arriver de nuit dans l'espoir de le trouver en bonne compagnie.

Elle en avait été pour ses frais mais, la connaissant, elle allait à coup sûr revoir sa stratégie.

Drôle de concours de circonstances, tout de même, songea Gabriel en repensant à ce qui venait de se passer. Alors que, pas une seule fois, Gabriel n'avait ramené une femme chez lui quand il avait la charge de Rosa, il avait fallu que Bianca le surprenne avec Izzy…

— Cela lui arrive souvent de venir te surprendre au beau milieu de la nuit ? demanda celle-ci.

— Tu veux boire quelque chose ? répliqua-t-il d'un ton neutre. Personnellement, je crois que j'ai besoin d'un whisky.

— Je n'ai aucune envie de me retrouver impliquée dans

un conflit entre ton ex et toi, répliqua-t-elle froidement en croisant les bras. Et, non, merci. Je n'ai pas soif.

Encore blessée par les insultes cruelles de Bianca, Izzy bouillait de colère et d'indignation mais, surtout, elle souffrait.

« Ma petite… » « Une créature insignifiante… » « La première petite garce venue… »

N'avait-elle été qu'un jouet entre les mains de Gabriel ? Préférait-il les femmes comme Bianca ? De superbes brunes aux longs cheveux épais et lisses, à la poitrine généreuse et couvertes de bijoux ? Pour venir surprendre Gabriel dans son domaine, son ex avait choisi une robe moulante rouge rubis – assorti à la teinte de son rouge à lèvres –, des escarpins à talon aiguille noirs et un maquillage savant destiné à mettre en valeur ses magnifiques yeux sombres.

L'avait-il vue comme une nouveauté, une simple distraction ? Avait-il couché avec elle parce qu'elle se trouvait là, à sa disposition ?

Elle lui avait offert sa virginité.

Sentant les larmes lui monter aux yeux, Izzy se détourna, pressée de s'en aller, mais Gabriel l'arrêta en la prenant dans ses bras.

— Comment oses-tu me mêler à tes histoires ? chuchota-t-elle sans le regarder. Et comment as-tu pu sous-entendre que nous entretenions une relation suivie uniquement pour te débarrasser de ton ex-femme ?

Elle le repoussa de toutes ses forces, regrettant de ne pas pouvoir le haïr. Mais quand elle le regarda, Izzy comprit qu'il avait été secoué par cet échange brutal avec Bianca, lui aussi. Il paraissait aussi sûr de lui que d'habitude, mais au fond de ses yeux une lueur blessée couvait. Il s'était contenu face à la furie de son ex. À cause de son amour pour Rosa. Sinon, il aurait réagi de façon plus radicale, comme il brûlait sans doute de le faire.

— Tu es furieuse, à juste titre, dit-il, la voix à peine audible. Et tu as raison, bien sûr. Je t'ai entraînée dans cette histoire alors que je n'en avais pas le droit. Ma seule excuse, c'est d'avoir cédé à une impulsion. Ce qui ne me ressemble guère, je l'avoue, mais…

Un profond soupir s'échappa de ses lèvres, puis il prit les mains d'Izzy et resserra les doigts autour des siens quand elle voulut se dégager.

— Je suis désolé de t'avoir impliquée dans un conflit qui ne te concerne en rien, poursuivit-il avec une sincérité évidente. Bianca a eu un comportement inacceptable à ton égard. Ma chère ex-épouse peut se montrer explosive quand l'envie lui en prend, et si j'ai gardé mon calme, c'est uniquement de crainte de réveiller Rosa. Ce triste spectacle est bien la dernière chose que je voudrais infliger à ma fille.

Il soupira de nouveau.

— J'ai déjà vécu ce genre de situation avec Bianca et constaté qu'elle peut perdre pied, quand elle s'énerve. Pour cette raison, je reste prudent dans mes échanges avec elle. Si je la provoque, qui me garantit qu'elle n'ira pas reporter sa rage et sa frustration sur Rosa ? J'ai toujours évité de provoquer une situation qui puisse… entraîner des conséquences malheureuses. Rosa est loyale, comme la plupart des enfants, et elle n'irait probablement pas se plaindre du comportement de sa mère.

Il s'interrompit avant d'ajouter :

— Une chose est sûre : il n'y a rien de commun entre toi et Bianca.

— Je ne veux pas d'excuses ni de mensonges, déclara Izzy, refusant de se laisser attendrir. Le moment est venu pour moi de retourner à Hawaï et de terminer le travail que j'ai entrepris là-bas. Mon frère a été patient mais il ne le sera pas indéfiniment. J'ai fait ce que j'ai pu pour Evelyn, et je suis profondément désolée pour elle, mais puisqu'il est impossible de te convaincre de renoncer à sa petite parcelle, j'abandonne.

— Je… Je ne veux pas que tu t'en ailles.

— Je m'en fiche.

— Je ne peux pas te retenir, Izzy, mais…

— Mais quoi, Gabriel ?

— Allons nous installer au salon, nous y serons mieux pour discuter.

— Je suis fatiguée, Gabriel. Je n'ai qu'une envie : aller me coucher. Dans ma chambre.

— S'il te plaît…

C'était si étrange de voir Gabriel la supplier qu'après avoir hésité un instant, Izzy le suivit dans le couloir.

Quand elle s'assit sur le bord de l'un des sofas, il la dévisagea en silence, avant de venir s'installer à côté d'elle. Tout près d'elle.

Izzy se raidit, déterminée à ne pas flancher. Mais elle avait beaucoup de mal à ignorer la tension empreignant le beau visage de Gabriel. Il avait trouvé le chemin de son cœur, elle n'y pouvait rien. Et elle brûlait de le toucher au lieu de s'écarter de lui. Quant à ce qu'il avait dit à propos de son ex-femme et de Rosa… Comment ne pas en être émue ?

Gabriel comprenait très bien le retrait d'Izzy. Quand il repensait à l'apparition de Bianca, puis au mépris qu'elle avait témoigné à Izzy, les insultes qu'elle lui avait lancées au visage, il avait envie de frapper quelque chose.

— Je n'aurais jamais dû l'épouser, avoua-t-il.

Exprimer ses sentiments et ses émotions n'avait jamais

été son fort. Mais Izzy méritait mieux que son silence, à présent.

— Je n'aurais pas dû mais je l'ai fait. J'ai sans doute été attiré par elle en raison de nos origines si différentes.

— Comment cela ? demanda Izzy, crispée.

— Si je le voulais, je pourrais m'offrir le monde entier, répondit-il, pince-sans-rire. Mais avant de devenir le riche homme d'affaires que tu connais, j'ai grandi dans un quartier pauvre de Brooklyn. Bianca étant de son côté l'héritière d'une lignée d'aristocrates italiens, j'ai trouvé amusant d'être l'objet de sa convoitise, au début. J'aurais fini par rompre avec elle mais elle est tombée enceinte, et il n'était pas question pour moi de l'abandonner dans son état. Nous nous sommes mariés, mais notre union s'est avérée catastrophique dès le premier jour. Au moment de la naissance de Rosa, notre couple n'existait déjà plus.

— J'en suis désolée, murmura Izzy.

Elle aurait aimé questionner Gabriel sur son enfance mais s'en abstint, tout en résistant à la tentation de s'abandonner contre lui.

— Pourquoi ? Rien de tout cela ne te concerne, comme tu l'as fait remarquer.

Après l'avoir contemplée un instant en silence, il poursuivit :

— Si tu pars maintenant, elle se servira de ton absence pour me rendre la vie infernale : elle en déduira qu'elle avait vu juste et que tu n'étais qu'une conquête d'un soir, alors que j'avais la charge de Rosa.

— Nous ne vivons plus au XIXe siècle, fit remarquer Izzy. Les gens qui se séparent ont une vie après leur divorce sans devoir la cacher à leurs enfants.

— Ce n'est pas aussi simple pour moi. Et c'est pour cette raison que j'aimerais que tu restes. Mon attitude est égoïste, je sais, mais quand il s'agit de ma fille, je suis prêt à faire n'importe quoi.

Il s'interrompit tandis qu'une lueur fauve traversait son regard.

— Et puis, si tu t'en allais, tu me manquerais.

— Je te manquerais ? répéta Izzy avec incrédulité.

Mais lorsque son regard croisa celui de Gabriel, elle dut faire un effort pour ne pas détourner les yeux.

L'amour vous rend si vulnérable. Il vous transforme en marionnette, en objet à la merci de celui que l'on veut justement fuir. Gabriel ne l'aimait pas. Cela aurait dû lui suffire pour le quitter, surtout après cette horrible scène avec Bianca. Or Izzy restait clouée sur place et tremblait intérieurement à la pensée de s'en aller.

— Oui, tu me manquerais, Izzy.

Il garda le silence durant quelques instants.

— Je peux te proposer un marché ? reprit-il.

Elle lui manquerait. Ce simple aveu suffisait à ébranler ses défenses déjà mises à mal. Il ne l'aimait pas mais Izzy sentait qu'il éprouvait quelque chose pour elle. Elle ne rêvait pas. C'était là, palpable.

— Un marché ? répéta-t-elle avec l'impression de se tenir au bord d'un gouffre.

— Reste… jusqu'à ce que j'aie résolu certaines questions avec Bianca… et je renonce à la propriété de ton amie.

— Tu peux répéter ?

— Je dois mettre certaines choses en place pour en terminer enfin avec Bianca, et être sur un pied d'égalité avec elle. Elle envisage d'emmener Rosa en Toscane – autrement dit elle veut me priver de ma fille. Si ce n'est pas du bluff, si elle décide vraiment de partir, elle ne reculera devant rien pour y parvenir.

— Pourquoi cet acharnement à te nuire ? Vous avez

forcément passé des bons moments ensemble… Comment en est-elle arrivée à te haïr à ce point ? Que lui as-tu fait ?

Gabriel avait si peu l'habitude de parler de sa vie privée qu'il hésita quelques instants avant d'aller plus loin dans ses confidences. Mais quelle importance, après tout ? Izzy ne représentait pas une menace et c'était sa curiosité naturelle qui la poussait à l'interroger ainsi. Il avait vu comment elle se comportait avec sa fille et savait qu'il pouvait lui faire confiance.

— Je ne lui ai pas manifesté suffisamment d'intérêt, finit-il par répondre. Bianca, par l'éducation qu'elle a reçue, est convaincue d'être le centre du monde. Elle attend de tous – et des hommes en particulier – qu'ils l'admirent et la fassent passer en priorité.

— Et tu ne l'as pas fait ?

— Non. Cela m'était impossible.

— Que veux-tu dire ?

— Quand tu grandis dans la pauvreté, tu apprends vite que la seule chose qui compte c'est l'argent. Pas parce qu'il te permet d'acheter ceci ou cela…

Il embrassa le salon du regard, les œuvres d'art d'une valeur inestimable, le mobilier coûteux, les impostes de marbre et d'ébène…

— Mais parce qu'il te garantit le respect et la liberté. Je suis devenu un homme intouchable, en quelque sorte.

— Tu as troqué la joie et l'amour contre le respect de gens que tu ne connais même pas ?

— Je trouve cela équitable, comme échange, dit Gabriel en haussant les épaules. De toute manière, voyant que je ne lui témoignais pas l'intérêt dont elle avait besoin pour vivre, Bianca est allée le chercher ailleurs. Le divorce s'en est rapidement suivi et voilà où nous en sommes quelques années plus tard.

— Tu renoncerais à la parcelle d'Evelyn… Elle pourrait retrouver la paix, sans craindre d'être inquiétée ?

— Tu as ma parole. Je possède un groupe dans l'agroalimentaire. Cela ne représentera qu'une perte mineure pour moi.

— Pourquoi as-tu autant insisté pour la convaincre, alors ?

— Parce que je ne suis pas le Père Noël.

Il était vraiment sans pitié, songea Izzy avec un frisson. Et d'une froideur impressionnante. Tout en étant par ailleurs si humain, si complexe…

Le marché qu'il lui proposait tenait du chantage, et elle aurait dû lui en vouloir. Mais, à la perspective de rester un peu plus longtemps auprès de lui, elle ne pouvait s'empêcher d'être heureuse. Il était incapable d'aimer, cependant ce qu'ils partageaient était bien réel.

Peut-être avait-il simplement épousé la mauvaise personne ? Agacée par le tour que prenaient ses pensées, Izzy se ressaisit.

— Je vais y réfléchir, déclara-t-elle avec calme.

— Je n'ai pas le temps d'attendre. Il me faut ta réponse maintenant.

— Combien de temps devrions-nous…

— À en juger par ta réaction, on dirait que ta présence ici te met au supplice.

Cette fois, il y avait de la chaleur dans ses yeux sombres, laquelle embrasa aussitôt Izzy.

— C'est du chantage, protesta-t-elle faiblement.

— Non, tu es libre d'accepter ou non. Alors, que décides-tu ?

— Tu ne m'as toujours pas dit combien de temps tu penses que durerait ce… cet arrangement.

Il baissa les yeux, comme s'il n'était pas certain de sa réponse.

— Une quinzaine de jours au maximum.

— Quinze jours.

— Izzy…

Doucement, il lui prit la main et lui caressa l'intérieur du poignet, en cercles minuscules qui eurent raison des dernières résistances d'Izzy.

— Je n'aurai aucun mal à vivre ces deux semaines, poursuivit-il. Et toi ?

Elle contempla la main de Gabriel dont la teinte hâlée contrastait avec sa peau claire en s'ordonnant de se concentrer sur les détails pratiques de cet arrangement. Ces deux semaines lui donneraient le temps de réfléchir à la suite, d'organiser son retour à Hawaï. Ensuite, elle quitterait cet homme unique pour toujours.

— D'accord.

Elle était prête à tout pour permettre à Evelyn de vivre en sécurité jusqu'à la fin de ses jours.

Et puis elle n'aurait aucun mal non plus à partager ces deux semaines avec lui. Simplement, elle devrait cacher à Gabriel ses sentiments. Inutile de chercher à comprendre pourquoi ni quand elle était tombée amoureuse de lui. Ni de prétendre qu'elle ne le désirait plus. Il suffisait d'un regard de lui pour la faire fondre tout entière.

Quel que soit l'émoi qu'il lui inspirait, elle devrait garder le contrôle de la situation. Pourquoi serait-ce lui qui déciderait de tout ?

— Tu acceptes de rester… un peu plus longtemps avec nous ?

Un lent sourire arrondit la belle bouche sensuelle, faisant fondre Izzy tout entière.

— Oui, dit-elle posément. Je déteste me retrouver impliquée dans tes problèmes avec ton ex-femme, mais Rosa compte énormément pour moi et je ne voudrais surtout pas qu'elle souffre à cause de votre mauvaise entente.

Aurait-elle jamais imaginé donner son cœur à un homme qui se disait incapable d'aimer ? Qui affirmait sans se troubler qu'il ne s'engagerait jamais dans une relation à long terme ?

Après son aventure avec Jefferson, son échec et le sentiment atroce de trahison éprouvé ensuite, elle aurait dû se préserver, pourtant. Se protéger, au lieu de s'en remettre corps et âme à Gabriel.

— Et le bonheur d'Evelyn compte tout autant, poursuivit-elle. Alors, si tu veux que j'accepte ta proposition, il va me falloir une déclaration écrite.

— Tu n'as pas confiance en moi ?

— C'est toi-même qui m'as appris à me méfier des autres, lui rappela-t-elle en soutenant son regard.

Gabriel fronça les sourcils. Son visage se ferma complètement tandis qu'il lui lâchait la main.

Une sensation de froid envahit aussitôt Izzy. Un sentiment… d'abandon. S'attendait-il à ce qu'elle lui fasse aveuglément confiance sans pour autant exiger des garanties, pour parler le même langage que lui ?

Le plus rageant, c'était qu'elle avait totalement foi en Gabriel. C'était un homme de parole, elle n'en doutait pas un seul instant.

— Aucun problème, déclara-t-il d'un ton poli. Je m'en occupe tout de suite. Je n'ai pas le droit de profiter de toi.

— Ce n'est pas ce que je voulais dire.

— Ah bon ?

— Je dois aussi appeler mon frère pour le prévenir que je ne serai pas de retour à Hawaï avant deux semaines.

Désireuse de dissiper la tension qui s'était installée entre eux, Izzy sourit timidement et lui prit la main.

— Max n'est pas réputé pour sa patience…

— Pas de problème, fit-il en lui rendant son sourire. Et si on allait se coucher maintenant ? Il est tard.

Ils firent l'amour. Plusieurs fois au cours de la nuit. Ils étaient fatigués mais après ces heures difficiles, Gabriel semblait avoir besoin d'oublier l'attitude acrimonieuse de son ex. Quant à Izzy, elle avait décidé de profiter pleinement du moment présent.

Le lendemain matin, elle emmena Rosa manger une glace en ville. À leur retour, un peu avant l'heure du déjeuner, elle trouva Gabriel en compagnie d'un avocat.

Il proposa à sa fille d'aller regarder un film dans la salle de jeux puis, une fois qu'elle eut quitté la pièce, il invita Izzy à le suivre dans son bureau où il lui montra le document préparé avec l'homme de loi et respectant ses *desiderata* à la lettre.

Les traits impassibles, Gabriel la regarda apposer sa signature à côté de la sienne.

Quelle situation étrange. Quelle tristesse… Ils avaient beau être amants, ils avaient besoin d'un contrat, de garanties.

— Satisfaite ? demanda Gabriel après le départ de l'homme de loi.

— Oui, murmura Izzy avec un haussement d'épaules. Evelyn sera folle de joie en apprenant qu'elle peut rester chez elle. Elle s'efforce de ne pas le montrer, mais je sais qu'elle est rongée par l'inquiétude. Elle a quasiment perdu le sommeil…

Elle détourna les yeux, incapable de soutenir le regard sombre fouillant le sien.

— Je vais aller voir Rosa, ajouta-t-elle.

— Cela peut attendre quelques minutes. Je suis certain qu'elle regarde l'un de ses DVD préférés, de toute façon.

Doucement, il lui souleva le menton pour la forcer à le regarder.

— Tu avais demandé que tout soit couché par écrit, Izzy.

— Oui, je sais.

— Alors pourquoi cet air triste ? On dirait que tu viens d'apprendre une catastrophe.

— C'est vrai ? Excuse-moi, répliqua-t-elle en se forçant à sourire. Je suis vraiment contente que tout soit réglé.

— Alors, tout va bien entre nous ? demanda-t-il avec un petit sourire en coin. Je peux t'embrasser ?

Oui, tout allait bien. Pour l'instant. Mais le présent céderait bientôt la place au futur et à ce moment-là… il n'y aurait plus de baisers.

Le compte à rebours était enclenché, et elle ne pouvait hélas pas empêcher le temps de s'écouler inexorablement, songea-t-elle sans rien montrer de la souffrance qui lui étreignait le cœur.

9.

— J'ai appris une bonne nouvelle, tout à l'heure, dit Izzy en souriant.

Rêveuse, elle fit tourner le pied de son verre entre ses doigts. La soirée était délicieuse et parfumée. Au-dessus de leurs têtes, des milliers d'étoiles dorées parsemaient le ciel.

Ils avaient dîné sur la terrasse et dégusté le meilleur sauvignon produit par les vignobles de Gabriel. Une énorme lanterne était posée à chaque coin de l'espace et diffusait une lumière douce, des guirlandes électriques couraient sur le mur. Une atmosphère follement romantique se dégageait de l'ensemble, mais lorsque Izzy l'avait fait remarquer à Gabriel, il avait éclaté de rire, avant d'expliquer qu'il n'y était pour rien et qu'il avait demandé à un artisan local de s'en occuper.

Mais quand même… Il avait fait décorer la terrasse en prévision de leurs dîners…

Les cinq derniers jours avaient été enchanteurs. Comme si leur drôle d'arrangement leur avait permis de franchir un nouveau seuil, d'accéder à une intimité plus profonde, plus secrète.

C'était ce qu'Izzy préférait penser, en tout cas. Elle aimait Gabriel et remarquait le moindre de ses gestes, la moindre de ses intonations, chaque regard en biais, chaque sourire fugace.

Un lien nouveau s'était créé entre eux, elle le sentait. Tout en sachant que lui ne le reconnaîtrait jamais, bien sûr. Dès qu'il s'agissait de sentiments ou d'émotions, il s'en tenait à l'opinion qu'il s'était faite de lui-même. Quand il affirmait avoir verrouillé son cœur, il y croyait dur comme fer, Izzy en était persuadée. Mais elle ne rêvait pas. Quelque chose les reliait, un sentiment fort et puissant.

De telles pensées étaient dangereuses, cependant elle ne pouvait les bannir de son esprit.

— Une bonne nouvelle ?

— Mon frère va se marier. J'ai parlé avec lui ce matin. J'ai encore du mal à y croire, mais il va épouser mon amie Mia.

— Et la noce est prévue pour quand ? demanda Gabriel en étouffant un bâillement.

— Dans un peu plus d'un mois. Ils vont d'abord à Londres pour visiter des propriétés « entourées de verdure ». Max m'a dit que Mia ne voulait pas entendre parler du « rythme infernal de la vie londonienne ». Une fois mariés, ils partageront leur temps entre Hawaï et l'Angleterre.

— Intéressant.

— Je vais envoyer un e-mail à Mia pour en savoir davantage, répliqua Izzy, rêveuse.

— Je vois… L'échange risque d'être interminable… Tu ne crois pas que tu ferais mieux de l'appeler ?

— Si, tu as raison ! acquiesça-t-elle en souriant. Je me demande si James est au courant… Oui, sans doute… Je vais me renseigner.

— J'ai envie de te faire l'amour, ici, maintenant, murmura-t-il. Qu'est-ce que tu en dis ?

— Tu ne penses qu'au sexe, hein… ?

Izzy se serra contre lui puis l'embrassa dans le cou en même temps qu'elle glissait la main sous son T-shirt.

— Nous ne pouvons pas tout nous permettre, tu sais… ? chuchota-t-elle.

Rappelle-toi la dernière fois que nous avons fait l'amour au bord de la piscine, une surprise nous attendait dans la cuisine… faillit ajouter Izzy.

— Vraiment ? Tu crois que je ne peux pas tout me permettre ? répliqua Gabriel, moqueur.

Sans plus attendre, il se tourna vers elle et lui dénuda la poitrine, presque tendrement.

La brise chuchotait, les ombres des minuscules insectes voltigeant autour des lanternes et des guirlandes électriques s'allongeaient, démesurées.

Ils firent l'amour tranquillement. Lorsque Gabriel passa la main sous sa culotte pour lui caresser le clitoris, Izzy sentit son corps se tendre tandis que des petites ondes de plaisir se propageaient partout en elle. Les ondes se transformèrent en vagues, jusqu'à ce qu'elle soit si près de l'orgasme qu'elle dut se concentrer pour retarder le moment de la jouissance.

Gabriel garda son T-shirt mais se débarrassa de son jean qu'il envoya valser sur le sol pavé en même temps que son caleçon. Puis il fit glisser la culotte d'Izzy sur ses jambes et la pénétra. Alors, il instaura un va-et-vient langoureux qui les fit haleter et gémir tous les deux. Bientôt, il accéléra le rythme et ils basculèrent ensemble dans l'extase.

Quand ils se redressèrent, Izzy rajusta sa robe, Gabriel renfila son jean, puis il l'attira contre lui et leva les yeux vers le ciel pour lui désigner différentes constellations, leur donnant des surnoms stupides qui la firent rire aux éclats.

Elle lui parla de Max et de son enfance. Elle avait déjà abordé le sujet à plusieurs reprises, ajoutant à chaque fois de nouveaux détails.

Lorsque Gabriel l'interrogea sur ses relations avec ses frères, Izzy lui expliqua qu'elle avait toujours été plus proche de James, bien plus décontracté et charmeur que leur aîné.

— Quoique…, dit-elle pensivement. Max a peut-être changé, depuis qu'il est tombé amoureux ? Il m'a paru très heureux…

Après une légère pause, elle ajouta d'un ton détaché :

— Tu pourrais m'accompagner à son mariage.

Un silence lourd accueillit ses paroles. Elle se serait giflée. Tout allait si bien…

— J'ai dit ça comme ça, enchaîna-t-elle à la hâte. Et c'est complètement stupide puisque nous ne serons plus ensemble au moment de la noce !

Inutile de voir son visage pour comprendre qu'Izzy s'en voulait de lui avoir fait cette proposition.

Or son idée n'était pas si absurde, au fond. Ils s'entendaient merveilleusement bien, tous les deux, alors pourquoi ne pas s'accorder une petite prolongation ? Tout était en place, côté Bianca. L'avocat choisi par Gabriel, le meilleur en matière d'affaires familiales, l'avait rappelé cet après-midi même pour lui dire que les choses étaient en bonne voie et qu'ils détenaient suffisamment d'éléments pour poursuivre son ex-épouse en justice.

Izzy ne voulait pas s'imposer, il appréciait vraiment ce trait de caractère. Elle était drôle, intelligente, d'une franchise à toute épreuve, et elle n'avait jamais, pas une seule fois, posé d'exigences ou fait de demandes déplacées.

— Pourquoi pas ? Je pourrais y réfléchir… dit-il en la serrant contre lui.

— Tu parles sérieusement ? demanda Izzy, le cœur battant à tout rompre.

Il haussa les sourcils d'un air faussement sévère.

— J'ai l'air de plaisanter ?

— Eh bien… Notre arrangement prévoyait deux semaines. Nous sommes déjà à la fin de la première, et Max et Mia ne se marieront pas avant un mois à partir de…

— Nous ferons une entorse à cet arrangement, voilà tout, l'interrompit Gabriel d'une voix soyeuse. J'aime être avec toi, alors pourquoi m'imposer un délai si nous sommes d'accord tous les deux pour nous offrir un petit sursis ?

Izzy se blottit contre lui en souriant, folle de joie. C'était une victoire infime, mais peu importait. Elle la savourerait et profiterait de ce petit sursis à fond.

La porte de sa chambre à peine refermée, Gabriel souleva Izzy dans ses bras, l'adossa contre le mur et prit sa bouche avec passion en même temps qu'il glissait un genou entre ses jambes.

La robe légère échoua sur le parquet, suivie de la minuscule culotte. L'instant d'après, Gabriel se débarrassait de ses vêtements avec la même hâte.

Ils ne se donnèrent même pas la peine d'allumer une lampe. Ils étaient si étroitement enlacés qu'ils eurent du mal à avancer, jusqu'à ce qu'il la soulève de nouveau dans ses bras et se dirige à grands pas vers le lit.

Sans s'embarrasser de préliminaires, il s'installa au-dessus d'elle et la pénétra d'un vigoureux coup de reins. Ils jouirent instantanément. Izzy le sentit s'abandonner en elle juste au moment où elle s'envolait dans l'extase en poussant un cri rauque.

Lorsqu'elle redescendit sur terre, elle avait les larmes aux yeux. De folles images défilèrent dans son esprit, de Gabriel et elle vivant ensemble pour de bon, partageant leur temps entre la Californie et l'Angleterre…

Rêves chimériques. Parce que Gabriel ne voulait pas

partager sa vie. Ni avec elle ni avec aucune autre femme. Sa fille lui suffisait.

Au prix d'un effort surhumain, Izzy repoussa le bras musclé lui enserrant la taille, lorsque Gabriel roula sur le côté et se redressa sur un coude.

Dans la semi-obscurité, les reliefs de son beau visage paraissaient encore plus marqués, plus virils.

— Reste avec moi…

Après cette première nuit passée ensemble, une nouvelle routine s'installa. Ils prenaient le petit déjeuner avec Rosa, la plupart du temps sur la terrasse, et ensuite Gabriel disparaissait dans son bureau tandis qu'Izzy et sa jeune protégée s'adonnaient gaiement à leurs activités. Elles allaient se balader dans les vignobles, faire les boutiques de Napa, la charmante petite ville voisine.

Elles rendaient souvent visite à Evelyn, qui rayonnait littéralement depuis qu'aucune menace ne pesait plus sur elle. Izzy et Rosa plantaient ceci ou cela, guidées par Evelyn, jamais avare d'explications. Izzy aimait s'asseoir dans l'un des fauteuils du jardin et se concentrer enfin sur le projet qui l'attendait à Hawaï.

Avant de retourner là-bas, elle tenait à s'assurer que son rôle avait bien été revu. Qu'elle ne s'occuperait plus du côté commercial et administratif du projet, même si elle en était tout à fait capable, vu ses études. Max lui avait envoyé diverses propositions par e-mail, expliquant en quoi pourraient consister ses nouvelles responsabilités. Izzy y avait apporté quelques modifications mais, dans l'ensemble, elle était ravie de voir qu'elle allait enfin pouvoir donner libre cours à sa créativité refrénée depuis des années.

Elle aurait désormais toute latitude pour concevoir les agencements de l'hôtel et des pavillons qui seraient construits parmi les arbres. Elle choisirait elle-même les matériaux, la décoration, et comptait faire appel à des artistes et des artisans locaux. L'établissement ne serait plus le palace cinq étoiles envisagé par Max, mais un hôtel écoresponsable haut de gamme qui s'intégrerait parfaitement dans l'environnement.

Et maintenant qu'elle avait le feu vert, Izzy était impatiente de mettre ses idées en pratique.

Quelle place occuperait Gabriel dans tout cela ? Elle ne se posait pas la question, se contentant de profiter de ce qu'ils partageaient au jour le jour. Un lien puissant les unissait, elle en était certaine et cela lui suffisait.

Avec Rosa, ils formaient un trio si harmonieux…

Gabriel s'arrêtait de travailler à 18 heures, parfois plus tôt, et se consacrait à sa fille avec un zèle qui faisait plaisir à voir. Ses problèmes avec Bianca semblaient près d'être résolus. Il ne lui avait pas donné de détails mais quand Izzy lui avait demandé si les choses avançaient comme il le souhaitait, il s'était contenté de répondre que son ex allait bientôt recevoir la monnaie de sa pièce.

Et ils faisaient l'amour. Leurs étreintes étaient si incroyables, si fabuleuses, qu'Izzy ne pouvait s'empêcher d'y voir une preuve qu'il ne s'agissait pas seulement de sexe et qu'ils partageaient un lien bien plus puissant dont Gabriel n'avait pas conscience.

Elle regardait distraitement Evelyn et Rosa tapoter soigneusement la terre dans des pots de fleurs d'un bleu éclatant, lorsque son smartphone lui signala l'arrivée d'un SMS.

L'instant d'après, tous ses rêves et ses espoirs s'écroulaient d'un coup. Le message était succinct, et provenait de Bianca.

Pourquoi désirait-elle la rencontrer ? Que pouvait-elle bien avoir à lui dire ? Elle se trouvait en ville, écrivait l'ex de Gabriel, et pensait qu'une petite discussion en tête à tête leur serait profitable à toutes les deux.

Interdite, Izzy contempla l'écran de son téléphone. Devait-elle en parler à Gabriel ?

Bianca proposait un lieu de rencontre. Et l'heure du rendez-vous : 14 heures.

La main légèrement tremblante, elle remit son smartphone dans le sac à dos qu'elle trimballait partout.

Pourquoi ennuyer Gabriel avec de telles bêtises ? À 10 heures du matin, il était enfermé dans son bureau et travaillait. Quant à Rosa, elle pouvait sans problème la confier à Evelyn

Après une dernière hésitation, Izzy ressortit son téléphone de son sac et répondit au SMS.

OK

Contre toute attente, Bianca avait choisi un café ordinaire mais avenant, niché entre deux boutiques à la devanture encadrée de colonnes vert jade.

Il faisait chaud, le soleil brillait, il y avait du monde sur les trottoirs. Izzy s'était changée et avait opté pour un pantalon droit, un chemisier à manches courtes et des sandales en cuir naturel.

Impossible de ne pas remarquer Bianca qui, les yeux baissés, consultait son smartphone. Vêtue d'une robe courte et moulante bleu canard, chaussée de talons aiguilles mettant en valeur ses jambes haut croisées et couverte de bijoux, elle attirait tous les regards.

Izzy inspira à fond. Elle allait devoir être prudente, songea-t-elle en s'avançant vers la table de Bianca.

— Ainsi, vous êtes venue, dit celle-ci en levant les yeux. Je n'en étais pas certaine.

— Je n'ai pas beaucoup de temps, répliqua Izzy en s'asseyant en face d'elle.

Le parfum capiteux de Bianca lui parvint aussitôt.

— Je ne vous retiendrai pas longtemps, ne craignez rien. Vous êtes sans doute pressée de retourner à votre rôle de petite amie docile de mon cher ex-époux ?

L'arrivée d'une jolie serveuse sauva Izzy de l'embarras.

— Un café, s'il vous plaît. Et rien d'autre, merci.

Plus vite elle en aurait terminé avec cette entrevue, mieux cela vaudrait.

— Alors… Je suppose que Gabriel vous a mise au courant de ses… manœuvres, pour ne pas dire ses attaques, récentes contre moi ? dit-elle d'une voix dure.

— Où voulez-vous en venir ? Je n'ai aucune envie de…

— J'ai un bon conseil à vous donner, ma petite, l'interrompit Bianca. Méfiez-vous de lui. Vous êtes peut-être fiancés, bien que je ne voie pas de bague à votre doigt, mais cela ne durera pas.

— Je n'ai pas de temps à perdre avec ce genre…

— Ce n'est pas du temps perdu, ma chère enfant, au contraire. Je me soucie uniquement de votre bien-être.

— Merci, fit Izzy avec un sourire suave en se levant. Je vous en serai éternellement reconnaissante.

Les yeux noirs de Bianca étincelèrent de méchanceté tandis qu'elle lui enserrait le poignet d'une main de fer.

Décontenancée, Izzy se figea, son cœur lui martelant les côtes.

— Gabriel a soudain obtenu une quantité impressionnante d'informations me concernant, poursuivit Bianca. Sur mes activités, mes relations, mes déplacements… Il a toujours fait preuve de scrupules excessifs vis-à-vis de Rosa, il l'a toujours tenue à l'écart de nos conflits, je le sais de source sûre puisque j'ai pu profiter des confidences de Bella pendant des années.

— Des rapports de votre espionne attitrée, vous voulez dire ? Et cela vous dérangerait de me lâcher le poignet ? À moins que vous ne préfériez que je fasse un esclandre… ?

En réalité, ce n'était pas du tout son intention, mais la menace produisit son effet car Bianca laissa retomber sa main.

— Gabriel a obtenu ses informations d'une autre personne, reprit-elle avec un sourire franchement cruel. J'ai examiné les papiers envoyés par son avocat et constaté que tous ces renseignements lui avaient été fournis pendant l'hospitalisation de Bella. Mon respectable ex-époux n'hésitera pas à déclarer sur l'honneur que Rosa n'y est pour rien. Et ce ne sera pas un mensonge. Parce c'est quelqu'un d'autre qui l'a renseigné.

Izzy se sentit blêmir. Leurs conversations au creux de la nuit. Les anecdotes, les rires, les confidences sur sa propre enfance et le récit des diverses activités de la journée… Il y avait eu des digressions… Elle lui avait rapporté des détails confiés par Rosa concernant sa vie avec sa mère.

Impossible de se souvenir de ce qu'elle avait dit exactement, mais Izzy se rappelait bien que la petite fille lui avait raconté beaucoup de choses, lorsqu'elles dessinaient côte à côte. Ou jouaient à un jeu ou un autre. Ou se promenaient dans les vignobles…

— Très bien ! fit Bianca en soulevant sa pochette en cuir verni noir posée sur la table.

Elle en sortit un billet qu'elle laissa tomber négligemment à côté de sa tasse.

— Vous y réfléchirez à l'occasion, poursuivit-elle en se levant.

Avant de se pencher aussitôt pour lui chuchoter à l'oreille :

— Dès que Gabriel aura obtenu ce qu'il désire, il vous dira adieu. Il s'est servi de vous, ma chère, et croyez-moi je suis navrée de m'être retrouvée dans la position de devoir vous ouvrir les yeux. Je comptais aller voir Rosa, mais dites-lui que je ne peux pas passer aujourd'hui. Je suis si heureuse d'avoir pu bavarder avec vous. Nous devrions recommencer, un de ces jours !

En état de choc, Izzy la regarda s'éloigner en ondulant des hanches puis sortir du café.

Elle effectua le trajet de retour dans une sorte de brouillard. Les révélations de Bianca tournaient en boucle dans son esprit, lui donnant la nausée.

Gabriel s'était-il servi d'elle ? Izzy s'efforça de se concentrer, de retracer l'évolution de leur relation, mais ses idées s'embrouillaient.

Une fois arrivée au domaine, elle sortit du taxi et entra dans la maison sans faire de bruit. Elle irait rechercher Rosa plus tard, décida-t-elle en se dirigeant vers l'aile la plus reculée de la vaste demeure où Gabriel avait installé son bureau. Il s'agissait d'une suite, en fait, avec salon et salle de bains luxueuse.

Izzy ouvrit la porte et s'avança dans l'espace lumineux sans se soucier de déranger Gabriel qui s'entretenait avec quelqu'un au téléphone.

— Je crois qu'une discussion s'impose, déclara-t-elle d'un ton ferme en s'arrêtant à un mètre de l'imposant bureau.

Gabriel mit aussitôt un terme à sa conversation téléphonique et s'appuya au dossier de son fauteuil en dévisageant Izzy.

C'était la première fois qu'elle entrait sans frapper. Que se passait-il, bon sang ? Elle avait les pommettes rose vif, les yeux brillants…

— Devine avec qui je viens de boire un café.

Il plissa les yeux alors qu'elle s'installait dans un fauteuil, de l'autre côté de son bureau.

Tout s'expliquait…

— Que t'a-t-elle raconté ?

Acculée, Bianca avait usé de sa tactique préférée, laquelle consistait à frapper son adversaire à l'endroit le plus vulnérable. Sauf que cette fois, elle ne s'en était pas prise à lui directement.

La rage l'aveugla. Une rage froide et implacable. Il avait découvert ce matin même que Bianca ne bluffait pas quand elle évoquait son intention d'emmener Rosa en Toscane, justifiant sa décision par un désir subit de rentrer dans son pays natal.

À présent, il savait que, sa mère s'étant acoquinée avec un homme plus jeune qu'elle, Bianca ne prendrait pas le risque de voir son héritage lui filer sous le nez. D'où la transformation soudaine de son devoir filial en profonde affection. Et lorsqu'elle avait vu ses plans compromis, Bianca avait décidé de se venger sur une tierce personne. Izzy.

— Comment as-tu pu faire ça, Gabriel ? chuchota-t-elle.

— Explique-moi ce que je suis censé avoir fait.

— Tu le sais très bien ! riposta-t-elle en bondissant du fauteuil.

Elle se mit à marcher nerveusement de long en large, avant de se retourner vers lui d'un air hostile.

— Tu t'es servi de moi. Tu as prétendu… Tu m'as fait croire… Tout cela parce que tu voulais que je te rapporte les confidences de Rosa.

Gabriel secoua la tête.

— Je ne me suis pas servi de toi. Ton interprétation des faits…

— Mon « interprétation des faits » ? l'interrompit-elle brutalement.

— Tu devrais te calmer.

— Je t'interdis de me demander de me calmer ! Tu t'es servi de moi pour obtenir ce que tu voulais ! Je te hais !

L'avait-il utilisée ? Non. Il avait recueilli des informations précieuses, voilà tout. Qu'y avait-il de mal à cela ? Izzy transformait les paroles de Bianca en accusations injustes contre lui.

Résolu à refouler tout sentiment de culpabilité, il repensa à ce qu'Izzy venait de dire : « Tu as prétendu… » « Tu m'as fait croire… »

Que lui avait-il fait croire ? Qu'il l'aimait ?

Avait-il manqué de vigilance ? L'avait-il encouragée à nourrir des sentiments pour lui ? Non, impossible. Et de toute façon, il avait été clair dès le début et l'avait prévenue qu'il ne faisait pas dans le long terme.

Quoi qu'il en soit, mieux valait en terminer dès maintenant. Avant que les choses ne tournent mal.

Une sensation inconnue lui étreignit la poitrine. Il l'ignora. Le contrôle passait avant le plaisir, ce principe régissait son existence. Il l'avait oublié temporairement, le moment était venu de s'en rappeler.

Gabriel se leva, contourna son bureau et s'arrêta devant Izzy.

— Ne t'avise pas de me faire la morale, dit-il sombrement. Ton amie est tranquille dans son *cottage*. Plus de pression sur elle pour l'amener à vendre sa maison. Alors, qui s'est servi de l'autre, à ton avis ?

— Ce n'est pas la même chose, Gabriel.

— Explique-moi la différence.

— Si tu ne la vois pas tout seul…

Elle se détourna et se dirigea vers la porte.

—… inutile de te l'expliquer. Tu ne la verras jamais. Dis au revoir à Rosa pour moi. Elle est chez Evelyn.

Sur ces paroles, elle ouvrit la porte et franchit le seuil sans un regard en arrière.

10.

Gabriel fit pivoter son fauteuil et contempla le paysage urbain qui s'étalait sous ses yeux.

Plus de rangées de vignes se déroulant à perte de vue… Plus de petite ville au rythme tranquille… Plus de piscine à la surface bleue miroitant au soleil de Californie…

Plus d'Izzy partageant son lit chaque nuit… Envolé son rire mélodieux… Terminées les balades avec Rosa entre eux, posant des milliers de questions… Fini le verre de vin pris sur la terrasse en bavardant paisiblement.

La bulle magique avait éclaté, comme cela devait arriver. Il était de retour à New York. Un panorama de gratte-ciel se déployait de tous côtés derrière les immenses baies vitrées de son appartement. Rien n'avait changé.

En apparence. Parce que, en réalité, tout avait changé pour lui et Rosa, et c'était là l'essentiel.

Sa fille se trouvait actuellement en Toscane avec Bianca pour deux semaines, avec une nounou choisie par lui. Quand elle reviendrait aux États-Unis, elle serait avec lui. Désormais, c'était lui qui possédait les cartes maîtresses. Acculée, son ex-épouse n'avait pas eu le choix et avait dû céder à ses exigences. Sans beaucoup se battre, à vrai dire. Elle décampait en Toscane pour veiller au gain, ce qui lui semblait plus important que de réclamer la garde exclusive de leur fille.

Elle aurait Rosa pendant deux semaines durant les

congés d'été, dix jours à Pâques, et ils partageraient les vacances de Noël. Sauf si elle essayait de contourner les règles, auquel cas il emploierait l'artillerie lourde.

En résumé, tout allait bien.

Se levant, il longea la baie vitrée et baissa les yeux vers les rues, vingt étages plus bas, étroites et pulsant de vie comme un réseau de veines. C'était cela, la réalité. C'était cela qu'il s'était habitué à apprécier. C'était sa vie. Son univers.

Lui et Izzy ne pouvaient pas rester ensemble indéfiniment. Cela n'avait jamais été une option. Le fait d'avoir partagé sa chambre avec elle avait déjà représenté une entorse suffisante. Aucune de ses maîtresses n'avait joui de ce privilège. Cela ne lui serait même jamais venu à l'esprit de les inviter à passer la nuit avec lui, de toute façon.

Ils devaient forcément se séparer un jour ou l'autre, et pourtant… Izzy n'était plus là mais continuait d'occuper toutes ses pensées. Elle avait déserté son lit pourtant il la cherchait chaque matin à son réveil.

Tout paraissait silencieux sans son rire mélodieux et pur.

Gabriel ferma les yeux et vit son beau visage, ses traits fins, ses magnifiques yeux bleus…

Son cœur se serra douloureusement. Comme chaque fois.

Au diable l'orgueil et son refus farouche de ne rendre de comptes à personne. Il n'avait pas été prêt à la laisser partir et admettait enfin ce qu'il savait inconsciemment depuis longtemps.

Il ne serait jamais prêt à la laisser partir.

Izzy recula pour avoir une vue d'ensemble de la frise murale qu'elle venait d'achever, dans la pièce principale du premier pavillon construit entièrement selon ses idées, que Max avait respectées, fidèle à sa parole.

La chaleur ne l'incommodait pas. Elle la trouvait plus supportable que la souffrance qui la rongeait en permanence.

Tout allait bien pour elle, pourtant. Sur tous les plans excepté l'émotionnel. Max se trouvait à Londres avec Mia, mais Izzy avait passé une semaine des plus réconfortantes avec eux avant son départ. Ils s'étaient parlé, vraiment, en prenant tout leur temps, et en s'écoutant. Assis à côté de Mia, un bras passé autour de ses épaules, Max dégageait une sérénité qu'elle ne lui avait encore jamais vue. Il paraissait si heureux, si détendu que tout en se réjouissant pour lui, Izzy n'avait pu s'empêcher d'envier son bonheur.

Son frère vivait le rêve qu'elle-même aurait tant voulu prolonger indéfiniment avec Gabriel.

Elle n'avait pas eu la moindre nouvelle de lui. En refermant la porte derrière elle, Izzy avait clos un chapitre de sa vie. Une parenthèse enchantée où ils avaient connu une harmonie parfaite. Lui, elle et Rosa.

« Le temps guérit les blessures », se répétait-elle en tâchant d'y croire de toutes ses forces.

— Magnifique. Je peux te demander d'en peindre une pour moi ?

Au son de la voix chérie, son cœur s'arrêta de battre. Perdue dans ses pensées, elle n'avait pas entendu qu'on approchait d'elle.

Lentement, Izzy se retourna. Il était encore plus beau, plus somptueux que dans son souvenir. En pantalon de lin clair, mocassins en cuir souple et polo à manches courtes gris souris, il dégageait un charme urbain et élégant, apparemment indifférent à la température frisant les trente degrés. Elle-même était en nage et portait une salopette et des tongs maculées de taches de peinture, les cheveux noués en une sorte de chignon flou.

— Qu'est-ce que tu fais ici ?

— Je suis venu te voir.

— Pourquoi ?

— Tu veux bien me suivre pour que nous puissions discuter tranquillement ? Mon chauffeur attend…

— Et de quoi pourrions-nous bien discuter, s'il te plaît ? l'interrompit brutalement Izzy.

— De tout.

— Non.

Elle redressa le menton, furieuse de sentir les larmes lui picoter les paupières. Le simple fait de le regarder attisait la tristesse qui l'accompagnait jour et nuit.

— Notre histoire est terminée, Gabriel. Nous avons rompu pour de bon, et c'est mieux ainsi.

— Tu le penses vraiment ?

Comme elle gardait le silence, il détourna les yeux vers la frise murale puis reporta son attention sur Izzy.

— Imagine ce que j'ai ressenti en apprenant que tu t'étais servi de moi… reprit-elle avec colère. Tu as utilisé les confidences que je t'ai faites sur l'oreiller pour monter un dossier contre ton ex ! Certes, tu as agi dans l'intérêt de Rosa, mais sans te préoccuper de moi. Or j'ai été profondément blessée. Car vois-tu, j'éprouve des sentiments, ce que tu ne sembles pas comprendre.

— Je t'ai blessée, acquiesça-t-il en se passant nerveusement la main dans les cheveux.

— Oui, et je t'interdis de me répéter que j'en ai autant profité que toi parce que je voulais aider Evelyn. Ne sous-entends pas qu'il s'agissait d'une espèce d'échange ! Il n'y a jamais rien eu d'intéressé dans mon attitude. Jamais !

— Je sais.

— Et n'essaie surtout pas de m'attirer à nouveau dans ton lit parce que tu as décidé tout à coup que notre histoire n'était pas complètement terminée.

Izzy ne voulait pas le regarder mais ne pouvait s'empêcher

de le dévorer des yeux, et elle se haïssait de succomber ainsi à la faiblesse.

— Tu as raison, dit-il, la voix rauque. Je ne veux pas que notre histoire se termine. Jamais. Je veux que tu restes avec moi, pour toujours.

— Trop tard ! s'écria-t-elle en se précipitant hors de la pièce.

Une fois sortie du pavillon, Izzy se mit à courir entre les arbres, passa devant l'hôtel et prit la direction de la plage, qu'elle savait déserte à cette heure-ci.

Gabriel allait la suivre, elle en était persuadée. Elle désirait tellement qu'il le fasse. Elle le désirait envers et contre tout.

Hélas elle craignait de céder à la tentation en sa présence et d'accepter tout ce qu'il lui proposerait.

Izzy s'arrêta net et contempla l'océan pendant quelques instants, savourant la sensation apaisante apportée par le murmure des vagues. Puis elle s'assit sur le sable, remonta ses genoux contre elle et continua de regarder la surface bleu foncé ourlée d'écume blanche.

Le cœur battant la chamade, elle sentit la présence de Gabriel derrière elle en même temps que son ombre la recouvrait. Quand il s'assit à côté d'elle, Izzy se crispa d'instinct.

— Je ne me suis pas… servi de toi, commença-t-il, le regard perdu au loin. Tu parlais, je t'écoutais et, au lieu de te dire à quel point tu m'aidais, j'ai gardé le silence parce que le silence a toujours été mon meilleur allié. Rosa s'est attachée à toi, s'est confiée à toi. Je m'étais juré de ne jamais la placer au milieu de mes conflits avec sa mère, de ne pas lui donner l'impression de prendre parti pour l'un ou pour l'autre. Quand j'ai compris que ses confidences m'aideraient à faire face à Bianca, j'aurais dû te parler en toute sincérité. J'aurais dû te faire confiance.

— Je te déteste, chuchota Izzy en chassant une larme de sa joue.

— Je suis comme ça. Je me suis persuadé dès mon plus jeune âge que ma force résidait dans ma capacité à garder le contrôle. Je crois que…

Il soupira.

— Lorsque mon mariage s'est désagrégé, j'ai découvert que l'amour et tout ce qui s'y rapporte m'était inaccessible. J'ai accepté d'y renoncer à jamais. J'avais ma fille, cela me suffisait. Et puis tu es apparue dans ma vie.

— Arrête, Gabriel. Ne me mens pas.

— Je ne mens pas. Je ne le pourrais pas, même si je le voulais. Le jour où j'ai couché avec toi pour la toute première fois… j'aurais dû comprendre que ma vie entière allait en être chamboulée. Tu étais si différente de toutes les femmes que j'avais connues avant toi. Je me suis répété qu'en dépit de ton innocence apparente tu n'étais qu'une héritière de plus, une créature gâtée habituée à obtenir tout ce qu'elle désirait. Or je me suis trompé, sur toute la ligne.

Gabriel tourna la tête vers elle, une expression inconnue sur son beau visage.

— Alors, même si je me suis servi des informations qui me sont parvenues grâce à toi, dans le seul but de garder ma fille, je ne t'ai pas utilisée, Izzy.

Il marqua une pause avant de poursuivre :

— Si je t'ai blessée, je ferai tout pour réparer le mal que je t'ai fait. Car je suis tombé amoureux de toi.

Une lueur brûlante couvait dans les yeux sombres, si ardente, si belle… Izzy ne voulait pas croire Gabriel, mais elle ne pouvait réprimer la merveilleuse chaleur qui se répandait dans tout son être.

— Tu n'es pas amoureux de moi… murmura-t-elle.

— Si. Et j'en suis le premier surpris, répliqua-t-il avec un sourire. Je me croyais incapable d'aimer, et c'est sans doute pour cette raison que je ne me suis rendu compte de rien…

— Mais, tu ne m'as jamais laissé soupçonner que tu…

— C'est arrivé à mon insu, Izzy. J'avais trop peur de comprendre ce qui se passait en moi, j'imagine, alors j'ai tout refoulé.

Doucement, il lui caressa la joue du bout des doigts. Elle frissonna et ferma brièvement les yeux.

— Je ne veux pas te croire, chuchota-t-elle.

— Je peux savoir pourquoi ?

— Parce que je pourrais me réveiller et m'apercevoir que j'ai rêvé.

Izzy dévisagea Gabriel en silence tandis que l'espoir se déployait dans son cœur.

— Je t'aime tant…

— Suffisamment pour devenir ma femme ? lui demanda-t-il d'une voix vibrante d'émotion. J'aurais voulu t'apporter une bague… mais j'étais trop terrifié à la pensée que tu puisses me rejeter.

Il lui prit les mains pour les serrer entre les siennes.

— Tu veux bien m'épouser, ma chérie ? Et nous aimer pour toujours, ma fille et moi ?

Une joie immense déferla en elle, balayant tous ses doutes et toutes ses craintes.

— Oui, je le veux !

Et, en guise de promesse, elle offrit un baiser à l'homme de sa vie.

Vous avez aimé *Le rêve d'Izzy Stowe* ?
Retrouvez en numérique la série
« Le mystère des Stowe » :

1. *L'amant de Hawaï*
2. *Le rêve d'Izzy Stowe*

Et découvrez la fin de votre série dès le mois prochain dans votre collection Azur !

L'épouse oubliée d'un Sicilien, de Caitlin Crews - N°4470

Ténébreux et menaçant. Voilà à quoi ressemble Cenzo Falcone, l'homme que Josselyn a accepté d'épouser à la demande de son père. Alors qu'elle espère voir leur union de convenance évoluer avec le temps, elle est saisie d'effroi en découvrant la vérité sur son nouvel époux. Cenzo, qu'elle a suivi dans son château sicilien, n'a qu'un seul but : se venger de la famille de Josselyn à travers elle. Mais, lorsque Cenzo perd la mémoire à la suite d'une chute vertigineuse, Josselyn se retrouve face à un homme bien plus séduisant – et qu'elle pourrait aimer…

Le secret de Provence, de Rebecca Winters - N°4471

Avant de pouvoir adopter son neveu, Nathalie entreprend de retrouver le père du bébé. Et c'est en Provence que sa quête la mène bientôt. Ravie d'avoir déniché un travail saisonnier sur le vignoble de Fontesquieu, elle profite de ce joyau de la Côte d'Azur, où se dessinent collines verdoyantes et vignes surplombant le bleu de la Méditerranée. Dans ce cadre enchanteur, elle succombe bientôt au charme de Dominique, le maître des lieux et son nouveau patron. Une attirance à laquelle elle tente pourtant de résister, car Dominique pourrait bien être l'homme qu'elle recherche…

Mariage avec un patron, de Maya Blake - N°4472

Avocat spécialisé dans le divorce, Christos Drakakis ne croit pas en l'amour. Il est plutôt du genre à multiplier les conquêtes sans se soucier du lendemain. Cependant, pour hériter de l'île privée de sa famille, il n'hésite pas à demander à Alexis, sa parfaite assistante, de l'épouser ! Mais, quand arrivés en Grèce tous deux doivent jouer la comédie du mariage devant un public avide de romantisme, les voilà bientôt pris au jeu du désir et des sentiments…

La capitaine captive, de Marcella Bell - N°4473

SÉRIE : *GARDE ROYALE* - 2/3

Capitaine de la garde royale de Cyrano, Helene d'Tierrza n'a peur de rien ni de personne. Pourtant, le jour où elle est enlevée par Drake Andros, « Le Loup des mers », elle est saisie d'effroi. Non pas qu'elle craigne d'être la captive de cet homme redoutable mais plutôt de succomber au désir qu'il éveille aussitôt en elle ! Alors qu'elle tente de recouvrer son sang-froid, Drake lui révèle qu'elle sera l'objet de sa vengeance : si Helene veut recouvrer sa liberté et racheter les torts que sa famille a causés à celle de Drake, elle devra l'épouser et lui donner un héritier !

Une irrésistible assistante,
de Cathy Williams - N°4474

SÉRIE : *LE MYSTÈRE DES STOWE* - 3/3

Devenir la maîtresse de son patron ne figurait pas sur la *to-do list* d'Ellie ! Hélas, alors qu'elle a toujours été une assistante efficace et discrète, elle a perdu l'esprit durant ce voyage d'affaires à la Barbade, en compagnie de James Stowe, l'homme qu'elle aime en secret… Mais le pire reste à venir : alors qu'elle voudrait pouvoir oublier cette liaison éphémère, leur histoire est révélée au grand jour, les projetant tous deux dans un retentissant scandale…

Deux héritiers pour un cheikh,
de Clare Connelly - N°4475

Pour accéder au trône, le cheikh Khalil doit se marier avant son trentième anniversaire. Rien qui l'empêche de succomber d'abord au désir que lui inspire la belle India, rencontrée lors d'une soirée. Seulement, lorsque sa maîtresse d'une nuit lui révèle peu après qu'elle attend des jumeaux de lui, Khalil est forcé de revoir ses plans. En homme d'honneur et pour préserver sa couronne et ses héritiers, il demande à India de l'épouser…

L'étreinte interdite, d'Anne Mather - N°4476

La comédie qu'est devenue sa vie doit prendre fin, Grace le comprend le soir où elle fait la connaissance de Jack Connolly. Car, face au séduisant milliardaire, prétendre être en couple avec Sean Nesbitt, un homme odieux qu'elle déteste, se révèle être un véritable supplice. Or Grace n'a pas le choix : un seul faux pas de sa part et la fortune de sa famille, que Sean a sournoisement accaparée, risque de disparaître à jamais. Alors, quand Jack lui demande de l'accompagner visiter un cottage qu'il envisage d'acheter, Grace hésite. Elle devrait refuser, elle le sait. Mais elle lit dans le regard de Jack la promesse d'un plaisir qu'elle n'a encore jamais connu, et l'attrait de l'interdit lui semble tout à coup absolument irrésistible…

VOTRE COLLECTION PRÉFÉRÉE DIRECTEMENT CHEZ VOUS

Vous souhaitez découvrir nos collections ? Une fois votre colis de bienvenue reçu, si vous souhaitez continuer à recevoir nos livres, cela se fera automatiquement. Vous n'avez aucune obligation d'achat et cette offre est sans engagement de durée !

Dans votre 1er colis, 2 livres au prix d'un + 1 cadeau

☛ COCHEZ la collection choisie et renvoyez cette page au
Service Lectrices Harlequin – CS 20008 – 59718 Lille Cedex 9 – France

Collections	Prix 1er colis	Réf.	Prix abonnement (frais de port compris)
❑ **AZUR**	4,50€	AZ1406	6 livres par mois 30,59€
❑ **BLANCHE**	7,30€	BL1603	3 livres par mois 24,85€
❑ **HISTORIQUES**	7,20€	LH1202	2 livres par mois 17,29€
❑ **PASSIONS**	7,70€	PS0903	3 livres par mois 26,49€
❑ **BLACK ROSE**	7,70€	BR0013	3 livres par mois 26,79€
❑ **HARMONY***	5,99€	HA0513	3 livres par mois 20,76€
❑ **NORA ROBERTS***	8,90€	NR2403	3 livres tous les 2 mois, prix variable**
❑ **SAGAS***	7,99€	SA2303	3 livres tous les 2 mois 29,46€
❑ **VICTORIA**	7,90€	VI2113	3 livres tous les 2 mois 26,79€
❑ **GENTLEMEN***	7,50€	GT2022	2 livres tous les 2 mois 17,95€
❑ **ALIÉNOR**	7,70€	AL2132	2 livres tous les 2 mois 17,75€
❑ **HORS-SÉRIE***	7,70€	HS2812	2 livres tous les 2 mois 18,45€

*livres réédités / **entre 28,79€ et 31,39€ suivant le prix des livres

F22PDFM

N° d'abonnée Harlequin (si vous en avez un) ⊔⊔⊔⊔⊔⊔⊔⊔

Mme ❑ Mlle ❑ Nom : ____________

Prénom : ____________ Adresse : ____________

____

Code Postal : ⊔⊔⊔⊔⊔ Ville : ____________

Pays : ____________ Tél. : ⊔⊔⊔⊔⊔⊔⊔⊔⊔⊔

E-mail : ____________

Date de naissance : ____________

Date limite : 31 décembre 2022. Vous recevrez votre colis environ 20 jours après réception de ce bon. Offre soumise à acceptation et réservée aux personnes majeures, résidant en France métropolitaine, dans la limite des stocks disponibles. Prix susceptibles de modification en cours d'année. Vous pouvez demander à accéder à vos données personnelles, à les rectifier ou à les effacer. Il vous suffit de nous écrire en nous indiquant vos nom, prénom et adresse à : Service Lectrices Harlequin CS 20008 59718 LILLE Cedex 9. Service Lectrices disponible du lundi au vendredi de 9h à 17h : 01 45 82 47 47.